繪本之眼

林真美　著

獻給　本田和子教授

目錄

前言
繪本漫步

一九八五年，我在日本「邂逅」了我的第一本繪本——《小藍和小黃》（台灣英文雜誌社，little blue and little yellow）（圖一）。當時，我完全不知繪本是何方神聖。在這毫無「預警」的情況下，我壓根沒想到自己會在翻開書頁的剎那，就因作者那深體孩童心理，以及再簡單不過的形式，而驚艷的笑了。

那是由一些不規則的色塊所組合成的故事。它的形式簡單到你很難再用更多的語言、文字去做描述，甚至，任何的內容重述，對它其實都是一種破壞。你只能想辦法把自己變小、變小、再變小，然後捨棄「說理的」閱讀方式，用最純粹的感覺去隨之體驗。果能如此，色塊「little blue」和「little yellow」就會突然像被吹入活氣一般，變成了兩個真實的小孩，而他們自有法力，可以自自然然的就將你帶到一個充滿人情，卻又有著奇妙際遇的故事裡去。

經由作者李歐・里奧尼（Leo Lionni）的這次「開眼」，我從此一頭栽進繪本的世界。畢竟，對童年不曾與繪本為伴的我而言，那是一個相見恨晚的美麗邂逅。我深為書中的文與圖而著

圖一 《小藍和小黃》（台灣英文雜誌社，little blue and little yellow，1959）

迷，常常抱著一本新發現的繪本，終日讚嘆：「世間怎麼會有如此貼近孩童、既神奇又美好的書呢？」它看似短小、簡單、清新，實則饒富興味，甚至在集「美」於一身的背後，還潛藏了許許多多為大人所無法一眼看穿的「秘密」。

為了探尋繪本的秘密，我開始廣為閱讀和蒐集，另外，就是帶著這些書，一本一本的去與小孩共讀。在共讀的過程中，我發現所有的小孩都像「little blue」和「little yellow」那樣，他們不須言說就可以很快的融入繪本，而且你還可以在翻頁間，看到他們隨畫面鑽動的眼神是如何的清亮與靈活。我也因而體認到，繪本中有小孩，我必須像他們那樣，用眼睛去「讀」圖，用耳朵去聽聲音，才有可能真正聆賞到一本好繪本的神髓。換句話說，對於我們這些習慣於理性思維、擅於「腳踏實地」的大人而言，「繪本」就像在教我們用「第三隻眼睛」看世界一般，我們必須先捐棄屬於成人世界的那些既有成見和方式，去重拾人原有的敏銳感覺，才有可能漸次「看到」那個在綺麗中，企圖顛覆成人目的，及特意呵愛小孩的繪本世界。

我用上述的方式，讀了許多經典的繪本。而果真「無往不利」的，在這些早已跨越國界、時代，由世世代代讀者所共同篩選下來的作品中，一再的看見小孩、認識繪本。早在十九世紀末的英國，就有沃爾特・克萊恩（Walter Crane）、凱特・格林威（Kate Greenaway）、藍道夫・凱迪克（Randolph Caldecott）三人為在二十世紀開花結果的「繪本」，奠下了深厚的基礎。沃特・克萊恩著眼於中世細密的裝飾藝術，在製作上又極其重視手工，其華麗細緻的敘述方式，無不在積極宣言，大人應該要為培養兒童的美感而著力。凱特・格林威則自始至終都在捕捉童稚的真純與無邪。至於藍道夫・凱迪克，則可以說是立下繪本形式典範的第一人了。

凱迪克的繪本作品，雖然文字都是取材自現成的敘事詩或童謠短歌，但由於他頗能掌握原文脈動，又能藉著他那「會說話的圖」來大膽敘事，所以他不僅革新了插畫（illustration）在童書中向來的概念，讓圖從點綴的角色一躍而為敘述主體，或是整體敘述的「背景音樂」，另外他也藉由圖與文的合奏合鳴，創造出一種可以在翻頁中帶來流動效果與視覺震撼的創作新形式。

藍道夫・凱迪克的鬼斧神工，至今恐怕無人能出其右。但在歷史上，我們卻已經可以陸陸續續在碧雅翠絲・波特（Beatrix Potter）、汪達・佳谷（Wanda Gág）、艾德華・阿迪卓恩（Edward Ardizzone）、維吉尼亞・李・巴頓（Virginia Lee Burton）、莫里斯・桑達克（Maurice Sendak）、約翰・伯寧罕（John Burningham）、海倫・奧克森柏瑞（Helen Oxenbury）……等膾炙人口的作品中，清楚的看到這一脈相承的傳統。

我於一九九六年開始在遠流出版公司策劃【大手牽小手】繪本系列，並有幸於一九九七年將年屆七十的《一〇〇萬隻貓》（Millions of Cats）（圖二）介紹到台灣。《一〇〇萬隻貓》被譽為是美國人創作的第一本繪本，因其形式成熟，故對於一九三〇年代紛紛出籠的美國繪本作家頗具帶領的作用。所以也有人說，是這《一〇〇萬隻貓》拉開了三〇年代「美國繪本黃金期」的序幕。說它是美國的「開國繪本」，其實也不為過。

圖二　《一〇〇萬隻貓》
（遠流，Millions of Cats，1928）

作者汪達・佳谷以單色——黑色——作畫，透過黑白對比，創造出既素樸、又鮮明的畫面效果。尤其，打破左右兩頁的中線區隔，讓圖像以跨頁的方式將敘事的場景拉長，更是繪本創作史上前所未有的突破。

其圖文的搭配，有如行雲流水。至於故事本身，由於頗具口傳故事的特質，不僅聽來節奏鏗鏘，在內容上也不乏許多令人驚奇的部分。例如當九千九百九十九萬九千九百九十九隻貓打完架，全都消失時，老太太說：「他們一定是你吃我，我吃你，通通被吃掉了。」我常常聽聞大人對此敘述多所詬病，但相對的，卻往往看到孩子們在聽完這句話時，不是睜大了眼，就是發出不可思議的驚嘆之聲。這恐怕又是大人和小孩在進入想像世界時的本質差異吧！大人多思多慮，因而看到了血腥殘酷；小孩思無邪，純然就像看了一場奇幻魔術一般，只覺魔術師的手勢乾淨俐落，快到令人為之痴迷！

一九六三年，美國當代最重要的繪本作家之一——莫里斯・桑達克，發表了當時堪稱是「驚世駭俗」的作品《野獸國》（漢聲，Where the Wild Things Are）（圖三）。《野獸國》之所以威震山林，主要是因為他

圖三　《野獸國》
（漢聲，Where the Wild Things Are，1963）

改寫了人們對「繪本」與「兒童」的習慣性看法。

桑達克一方面繼承了凱迪克在繪本中「圖文聯姻」的表現，一方面卻又賦予繪本更多的可能。他完全屏棄前人「粉飾太平」、只歌頌兒童純真無垢的做法，開始直指兒童的內在心理，並毫不保留的披露兒童在大人宰制下的不安、恐懼、憤怒和痛苦。他也總在故事中為孩子們開出一條生路，譬如他讓孩子們在「野獸國」裡暢快淋漓的發洩，直到他們克服了心理的糾葛之後，才懷著大獲解放的心情，重回現實。這樣的表現方式和內容，對於不諳此中奧妙的大人而言，除了有可能對野獸出現在童書中感到惶惶惴惴，也有可能因為「童真的幻滅」而無法接受。然而，對舉世的小孩來說，桑達克卻是世間少有的、時時在捍衛他們的一名大人。其與《野獸國》齊稱三部曲的《廚房之夜狂想曲》（格林文化，In the Night Kitchen）和《在那遙遠的地方》（格林文化，Outside Over There），儘管畫風迥異，內容卻同樣都是在描寫小孩「征服夢魘」的旅程。小孩固然可以敏銳的感受到那些他們在日常成長中所熟悉的恐怖、歡樂、幽默和懸疑，但對我們這些遠離童年的大人來說，閱讀桑達克，無疑是很大的挑戰和衝擊！

一九六〇年代以後，繪本的創作進入了另一個新的里程——繪本作家輩出、讀者群變廣、創作手法不斷翻新、內容轉而多元，在在顯示出繪本此一形式的「無限可能」。

英國作家約翰·伯寧罕是一名崛起於六〇年代，且四十年來創作不輟的繪本界重量級人物。觀其創作軌跡，似乎也就看到了當代的繪本發展縮影。一九七〇年他以《和甘伯伯去遊河》（阿爾發，Mr. Gumpy's Outing）一書獲得凱特·格林威繪本獎。此書結構嚴謹，文圖搭配有致，是一本深諳繪本形式傳統的難得之作。但是到了一九七七年，他卻在《莎莉，離水遠一點》（遠流，Come Away from the Water, Shirley）一書中，企圖打破傳統，並從此顛覆了我們對繪本的既有認知。

圖四　《莎莉，離水遠一點》
（遠流，Come Away from the Water，1977）

本書描寫的是一家三口的「海灘一日遊」。在畫面上，約翰·伯寧罕破除了左右頁必須連貫的常規，企圖以左右畫面平行發展的對比形式，來凸顯大人、小孩這兩個世界的渺無交集。另外，在文字上，他以母親瑣碎的叨唸取代了一向精粹悅耳的文學性敘述，而這一反常態的手法，實則辛辣的點出大人的愚妄和親子之間的「暗潮洶湧」！

繼《莎莉，離水遠一點》、《莎莉，洗好澡了沒？》（遠流，Time to Get Out of the Bath, Shirley）兩本「莎莉」系列之後，約翰・伯寧罕似乎就不斷的在思索「繪本是什麼？」繪本固然是小孩的童年滋養，但創作者大可不必拘限在只為兒童量身打造。畢竟繪本也可以是創作者藉以表達自我的媒介。只要不偏離兒童的世界，繪本作家便大可自在的在作品中放進他的個人表述。由於約翰・伯寧罕認為，在這大人、小孩閱讀界線漸次消失的時代，繪本的讀者已無年齡的限制。所以，他總是不忘在作品中同時觀照到小孩與大人這兩群特性迥異的讀者。他一方面給小孩以及「心中有小孩」的人歡樂、體貼和滿足，一方面則趁機對大人世界提出嚴峻的批評和質疑。這或多或少啓發了後面的創作者，使得繪本創作在不失童心之餘，也能因為對成人世界的著墨與批判，而迭有深刻的作品出現。也因此，在人們的心中，繪本不再是「兒童專屬」，它成了一個存在於大人、小孩之間最沒有疆界的閱讀國度。

因「little blue」和「little yellow」的引介，我走進了繪本花園。而在這採花採蜜的過程中，我常常都有目不暇給之嘆。對我而言，繪本既是一個瑰麗的世界，也是一個隱藏著兒童角度與文學內涵的世界。它不僅在形式特質上無可取代，就連它看世界的「眼神」，也是不同於其他的創作。我因為長年接觸繪本，從中發現了許多屬於兒童的特質，另外也因為它所傳遞出來的是一些有別於成人世界的價值，而屢屢被書中的小孩「顛覆」。除此之外，它和所有的文學藝術作品並無二致，它時而使人開懷，時而教人深思，雖都是短短的篇幅，卻不乏讓人百讀不厭或低迴不已的佳作。

因此我們可以說，繪本自成一個世界，它帶給我們的是一個很不一樣的遊歷空間。我行走漫步多年，除了慢慢懂得怎麼從孩子的角度——繪本的眼睛——去看這個世界，也從繪本的發展脈絡中，看到了它和歷史、社會、文化的緊密牽連。那些重量級的作家和他們的作品，則給了我無數「凝視」繪本的機會。且在來回凝視間，我又得以不斷的看見繪本、發現兒童。

這本書寫的既是繪本本身，也是我看繪本時的「眼神」。在長久的寫作過程中，我時時刻刻意識著那些與我打破時空，即將在書中展開對話的讀者們。你可能跟我一樣，因為長年的接觸而想要抽絲剝繭；也可能接觸未久，或於無意間發現了這片花園……。不管如何，我衷心希望我們都可以從閱讀身邊的那些繪本出發，然後再藉由此書，去打開我們的「繪本之眼」。但願在這尋幽訪勝的歷程中，我們都因為不同的「看見」，而對「繪本」有了不同於以往的理解。

第一章
繪本的誕生

什麼是繪本

在追溯繪本的源頭之前，我們先簡單的說明到底什麼是「繪本」。

繪本發源自西方，至今已有百餘年的歷史了。從更早的略具雛形的《圖畫中見到的世界》（簡體字版，上海書店出版社，Orbis Sensualium Pictus，1658）一書，到繪本真正的誕生，文字與圖像這兩種不同的表現符號，便始終是其「唯二」的構成元素。只是，相較於前者的文字、圖像各司其職，十九世紀末在英國所揭櫫的創作新品種——繪本，文字與圖像之間，又多出了更多的合作可能。也就是說，它是透過文字與圖像的相互依存，再加上翻頁的效果，被完整設計出來的「書」。由於是「書」，所以除了創作者之外，它還是經由其他諸如編輯、印刷、裝訂、行銷……等的分工，所共同完成的「商品」。這樣的商品，雖然扮演的是記錄文化、社會、歷史……的角色，不過，撇開新近問世的「成人繪本」不說，它傳遞的對象主要是鎖定在學齡前後階段的兒童，目的在於讓兒童透過聆聽、閱讀，去拓展他們的經驗世界，並進而從中汲取成長的養分。

隨著時代的變遷、印刷技術的進步，繪本一路發展下來，卻也在不同的時代開闢出不同的新意，讓人不禁訝異於它所潛藏的可能。以目前來看，繪本的前述基本架構大抵不變，但它卻已漸漸發展成為一個可以跨越世代的溝通媒介，同時，也是藝術表現的形式之一。它所涉及的領域不僅縱橫美學、美術史、哲學、心理學、教育學、文化人類學……，還跨足平面設計、電影、戲劇、繪畫、文學、漫畫……等表現。繪本雖屬兒童文學中的一環，但由於它的觸鬚上天下地，所以很難藉由單純的概念加以定義。只能說，它是一個充滿無限可能的、發展中的藝術，它既屬於兒童，也屬於擁有童心的大人。

繪本的史前史

在中古世紀，有圖有字的書已經出現。那是在聖經或祈禱書上附圖的「手抄本」。到了十五世紀，古騰堡（Johannes Gutenberg，約1400~1468）發明活版印刷技術以後，因為木刻版畫可與活字版一併印刷之故，「手抄本」才漸漸為「插圖書」所取代。但為了應運時代的需求，「插圖書」的出版目的變成有別於「手抄本」，主要在教化識字不多的大衆。其內容大多是宗教故事、神話、傳說或寓言。當中的圖像旨在解釋、强化內文，並具體呈現題旨。相較於「手抄本」時代的繁複手繪紋圖裝飾，雖然這樣的插圖書藝術價值不高，卻在知識傳播及社會教化上，扮演了相當重要的角色。而且，也和日後以兒童為主要對象的繪本，有著諸多不謀而合之處。

圖一 《圖畫中見到的世界》
（簡體字版，上海書店出版社，Orbis Sensualium Pictus，1658）

十六世紀下半，歐洲的經濟不景氣波及了書籍生意，使得插圖書籍的發展幾乎陷於停頓。雖然銅版印圖取代了木版，但在屬於凸版的文字和屬於凹版的圖像無法一氣呵成印製的情況下，插圖書便多捨銅版而就木版。但與刻功傳神的銅版印圖相較，傳統的木刻版畫相對予人呆板、粗鄙的印象，故隨著木刻版的式微，插圖書的光環也逐漸失色。從此以後，除了一些必須仰仗精細準確的銅版插圖以協助讀者理解內文的專用書外，就剩下由單幫客沿路叫賣的、製作粗糙的木刻版通俗書在流傳了。

在插圖書已如鳳毛麟角的十七世紀，捷克教育家夸美紐斯（Johann Amos

Comenius, 1592~1670）於一六五八年以圖文並茂的方式，編寫成一本屬於兒童的百科全書：《圖畫中見到的世界》（圖一）。全書共列一百五十個項目，主要在跟孩童介紹世間事物和各種與自然、社會相關的基礎知識。夸美紐斯為了體貼兒童，在抽象的文字描述之外，加添了具體的圖像說明。這在歷史上，不論是從教育的觀點或是從兒童出版的角度來看，都可以稱得上是創舉。由於它的形式有圖有字，又能考慮到兒童的需求，所以，有人認為它是世界上最早的「繪本」。不過，如果以其說明性、教育性的內涵及圖文形式來看，它和現今的繪本相比，其實還有很大的一段距離。或許只能說，它是一本供兒童學習用的、較不枯燥的教科書，唯在形式上略具繪本的雛形罷了。

繪本真正在歷史上取得一席之地，必須等到十九世紀後半。在這之前，我們暫且將焦點拉到繪本的發源地——英國，然後再循著出版及印刷技術的發展，慢慢道來。

《圖畫中見到的世界》的編者夸美紐斯被譽為是第一個「看見兒童」的教育家。這種考慮到兒童需求的舉動，在普遍不重視兒童的時代氛圍裡，終究只是曇花一現。他那以兒童為本的教育思想，影響了十七世紀的英國哲學家約翰・洛克（John Locke,1632~1704），洛克在其《教育漫談》（The Thoughts Concerning Education,1693）書中，也提出兒童書須放入插圖的論點。一七四四年紐伯瑞（John Newberry,1713~1767）於英國開設最早的童書店，並積極為兒童出版有娛樂性的書籍。紐伯瑞延續了洛克的觀點，基於想要讓兒童易於閱讀，童書附插圖幾乎成為其出版的一種常態。其中，交由行腳商人❶販賣的小書（chapbook）亦開始盛行。所謂的小書，是由正反兩面皆有印刷的一張紙，折疊過後所形成的小冊子。它的頁數皆為八的倍數。一般最常見的是十六頁，但也有二十四頁或三十二頁，甚至是六十四頁的（圖二）。其內容包羅萬象，有冒險故事、傳說、道德或宗教教訓、童謠、圖鑑……等等，是當時平民小孩最重要的精神食糧。縱使木刻印刷的品質甚為粗糙，但因為價錢低廉，廣受一般大眾的喜愛。而就其圖像搭配文字的簡潔形式，以及以娛樂兒童為主的出版動機來看，說這樣的小書是繪本的先驅，其實也不為過。

然而，為什麼還得再等一百多年以後，接近我們現今所看到的、文圖兼具美感

的「繪本」才會誕生呢？繪本遲遲未在歷史上出現，除了繫於成人是否想為兒童創作的意願外，追根究柢，最大的關鍵還是在於彩色印刷技術的發明。

在十八世紀中到十九世紀初的維多利亞時代，英國的有閒階級頗盛行自製書。在兒童書的部份，也有極盡精美的彩色插圖書出現。不過，因為彩色印刷技術尚未問世，所以若要展現華麗的插圖，勢必要由人工上彩。故在價錢高昂的情況下，這精美的彩色插圖書，便僅限於上流社會的小眾珍藏了。

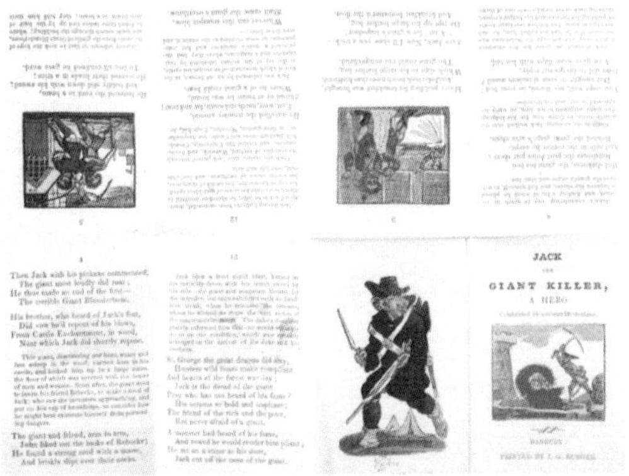

圖二 chapbook

一八三〇年代後期，英國出現了六至八頁的廉價彩色書「toy-book」。雖然彩色印刷技術猶在學步階段，使得畫質與前述珍藏版有著天壤之差，但它始終是流傳於大眾間最受歡迎的兒童讀物。至於繪本這彷彿介於兩者間的、既需要呈現完美色彩與整體設計，又要大量複製才得以盛行的書種，則必須要等到一八六〇年代後期，因雕版師傅對於彩色印刷技術的研發逐漸精進，才開始蠢蠢欲動。到了一八七〇年代，英國印刷品正處於「彩色革命」的巔峰，加上在活絡的「toy-book」市場帶動下，「繪本」（picture book）這一新的形式，也才得以在藝術性、經濟效益兼顧的出版條件下，和英國的讀者照面。

繪本的誕生

一八七八年前後，雕版師傅艾德曼・伊凡斯（Edmund Evans,1826~1905）率沃爾特・克萊恩（Walter Crane,1845~1915）、凱特・格林威（Kate Greenaway,1846~1901）、藍道夫・凱迪克（Randolph Caldecott,1846~1886）三人，一舉出版了《小小孩的歌劇》（The Baby's Opera）、《小小孩的花束》（The Baby's Bouquet）、《窗下》（Under the Window）、《約翰・吉平的旅程》（The Diverting History of

John Gilpin)、《傑克蓋的房子》(The House That Jack Built)五本書，成功的將原有的「toy-book」提升為具藝術性的繪本，並為兒童圖畫書的歷史，掀開了耀眼的新頁。

艾德曼・伊凡斯在當時是一位不可多得的雕刻兼印刷師傅。自一八六〇年代開始，他便把印製「toy-book」當成是自己的試煉場之一。他一方面鑽研讓彩色印刷更上層樓的方法，一方面也物色優秀的畫者與他合作。就在他結合木口木版(wood engraving)與照相技術的印刷技巧臻於成熟時，他便以破竹之勢，出版了一系列質佳、物美、價廉，令人耳目一新的書。

所謂的「木口木版」，有別於十九世紀之前所使用的縱切雕刻技術，由於是採木頭的橫切面雕刻，所以木頭表面較有彈性，也較細密緊實。不僅耐久性強，在處理畫面時，也可以藉由不同的刀功刻出不同的效果。這對於呈現原畫的細膩筆觸，有極高的加分作用。

但在複製原畫時，光有木口木版技術，還是會有許多難以克服的問題出現。在複製反刻的過程中，雕刻工的技術好壞往往決定了插畫的品質。尤其，要一邊對照原畫一邊反刻，實在難保成品不會失真。有些繪圖者不信任雕刻工人，索性自己以左右顛倒的方式完成畫稿，這對畫者而言，造成了表現上的諸多障礙。有鑒於此，伊凡斯引入照相技術，讓畫家的線條稿直接映於木版上，再由雕刻工人依樣雕刻，如此一來，便能忠實的呈現出畫家的一筆一畫了。

接著，畫家必須在印好的線條稿上著色，最後，再交由師傅藉由多塊已刻好的相同版木進行套色。不難想見，最後的套色成了決勝的關鍵。所幸，伊凡斯正是此中的佼佼者。他對於色彩明暗和彩度的掌握相當敏銳，即使為了控制成本，只能嚴選三到六色的油墨打印，他依然可以不厭其煩的在反覆套印中，呈現出最洗練的色澤和最接近原作的色調。另外，在製書的過程中，伊凡斯也會考慮到書的整體設計，甚至還一手包辦裝訂、出版等事宜。而這種種殫精竭慮的付出，無不都是為了要讓作品在最完美的演出中，成為眾人矚目的焦點。

不可否認，伊凡斯幾乎做到了極致，也因此，在談論三位帶動繪本發展的繪本作家之前，我們實有必要先認識這位幕後的功臣，並對他在催生繪本上所做的努力，致上最高的敬意。當然，在出版文化的歷史上，他對繪本及彩色印刷的影響及貢獻，也很值得我們藉此一書。

 各異其趣的「繪本三劍客」

在伊凡斯的精心打造下，十九世紀末的英國，很快的就進入了「繪本黃金期」。而前述三位繪本作家不僅大受歡迎，也以風格互異大開眾人的眼界，並因而帶動歐陸風起雲湧的繪本創作。

這三人中，出道最早的當屬沃爾特・克萊恩。他於一八六五年首度以「toy-book」的形式，為童謠《傑克蓋的房子》繪製插畫。此後直到一八七〇年代，克萊恩一共出版了四、五十本的「toy-book」，而其中有許多便是和伊凡斯合作。

一開始，克萊恩的作品便和時下粗劣的「toy-book」形成強烈的對比。色彩豐富、線條流利、超越插畫功能的圖文融合一直是他的特點，而這也是他獲伊凡斯青睞的原因。於是，兩人攜手共進，不斷的嘗試技術改革，希望讓原本屬於消耗品的「toy-book」，有朝一日也可以變得好看、耐讀。

克萊恩的繪本代表作是一八八七年出版的《小小孩的伊索寓言》（Baby's Own Aesop）（圖三）。本書從封面到書名頁到內文，不論是手寫字、圖像、文本或繁複的裝飾細節，全都融成一氣。而且整本書還飄散著一股華麗的古典藝術氣息。也因此，有人說他的作品曲高和寡，尤其與兒童的喜好相去甚遠。克萊恩對此加以駁斥，並強調兒童美感的養成，絕對要透過藝術的餵養，且成人不應輕忽兒童的鑑賞能力，因為，小讀者早已感受到畫家的用心，並用他們的直覺擁抱他的作品了。

不同於克萊恩的厚實、飽滿，凱特．格林威的作品完全遠離了現實，並透露出纖細、「弱不禁風」的美。正是這種弱不禁風，讓伊凡斯以其商業本能，嗅到了潛藏於其中的、屬於維多利亞時代的大眾傾向。於是，伊凡斯幾乎鐵口直斷，認為格林威的處女作《窗下》（圖四）勢必大賣，所以第一版便印了兩萬冊之多。果然，此書一出便大受歡迎，除了加印七萬冊，格林威為書中婦女、兒童所描繪的服裝款式竟也蔚為一股風潮，坊間甚至還引

圖三 《小小孩的伊索寓言》（Baby's Own Aesop, 1887）

發了「格林威風」（Greenaway fashion）的流行。

在《窗下》這本製作細緻的繪本裡，格林威為自己寫下的每首小詩配上一幅插圖，而內容不外歌詠美好、平和的生活，寫小孩在家中、庭院、窗下、田野……所感受到的幸福或輕嘆。然而，其唯美的畫面和裝飾優先的呈現，往往弱化了詩的內容，每張圖看來輕輕柔柔，幾乎沒了現實應有的重量。而這帶著空靈、看似靜止的世界，卻也正是其迷惑人心的所在。它輕易的將人們帶到一個沒有時代影子的國度，在那兒，風吹花落、鳥兒輕唱，加上無垢無邪的童稚年華，正好填補了許多成人心中永遠的「鄉愁」。

圖四 《窗下》
（Under the Window, 1878）

不可諱言，格林威一心一意描繪心中理想的純真兒童，對當時的社會來說，是新鮮的，也是迷人的。但是我們若仔細凝視其所描繪的兒童，會發現他們或許惹人憐愛，卻了無生氣，完全與現實中生命力洋溢的兒童不符。這可以說是格林威最為後人所詬病之處。另外，格林威為《鵝媽媽》(Mother Goose)所做的插畫，也因未能彰顯英國童謠陽光、生氣盎然的特性，被認為表現不夠「稱職」。

儘管如此，她的獨特魅力還是席捲了當時社會，甚至也讓後來的粉絲愛不忍釋。一九五五年，英國圖書館協會更以凱特・格林威之名，設立了兒童繪本的獎項(The Library Association Kate Greenaway Medal)，由此不難看出，格林威在英國人的心中，一直有其不可磨滅的位置。

相較於沃爾特・克萊恩的藝術至上，和凱特・格林威的不食人間煙火，藍道夫・凱迪克的作品以走向民間、展現親和，在三人中贏得了最多的掌聲。其豐富的想像、巧妙的佈局、幽默的詮釋、天衣無縫的圖文關係……等特點，為日後的繪本創作，立下了難被超越的典範。

凱迪克一生共創作了十六本繪本。其文字不外取自現成的童謠或詩文，這些文字，往往在凱迪克的妙筆點畫下，頓時展現生機。甚至，還衍生出許許多多的新意和「絃外之音」。例如一八八二年出版的《嘿，嘀哆嘀哆和小小孩邦婷》(Hey Diddle Diddle and Baby Bunting)(圖五)，就很能展現其大膽無拘的表現功力和獨創的敘事風格。這原是兩首文字極短、內容超無厘頭的童謠，沒想到，凱迪克卻能以圖像做為敘述主體，將原本毫無關聯的前後文句巧妙的一一串起。就這樣，一個有頭有尾、有骨有肉的故事，就在他的巧手間神不知鬼不覺的成形了。

不僅如此，凱迪克還愛在故事之外再加一些發人深省的畫面或結局。譬如當文字以「盤子先生和湯匙小姐逃跑了」（And the Dish ran away with the Spoon.）（圖六）做結時，畫面上呈現的正是在舞會中看對眼的盤子先生和湯匙小姐乘勢脱逃（私奔？）的場景。就一般來說，這樣的表現看來有如一唱一和的文圖攜手謝幕，算是為前面的演出畫下完美的句點。可是，想像力持續奔馳的凱迪克，卻不想在此罷休。他利用最後的翻頁效果，再為讀者新添一則「盤子碎了，湯匙小姐被刀叉父母帶離」的有趣結局。雖然，文字沒了，圖說的情節卻教人怔愣良久，低迴再三。而這令人心碎的畫面，

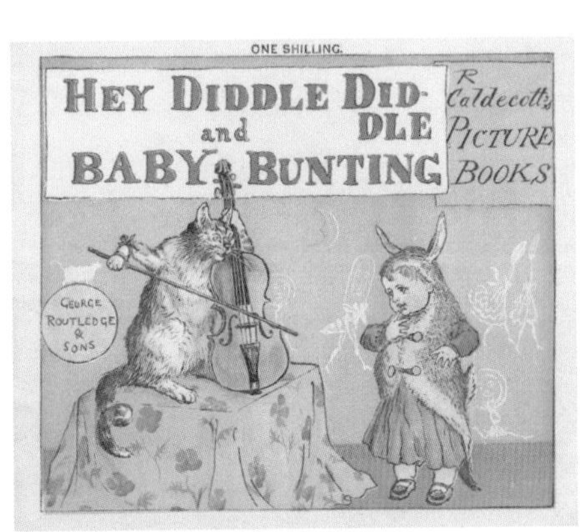

圖五 《嘿，嘀哆嘀哆和小女孩邦婷》
（Hey Diddle Diddle and Baby Bunting, 1882）

And the Dish ran away with the Spoon.

圖六 《嘿，嘀哆嘀哆和小女孩邦婷》
第一篇故事〈嘿，嘀哆嘀哆〉
（Hey Diddle Diddle）

真正想說的，或許是：「世事難料，有情人不一定終成眷屬」吧！

儘管走在一條無人走過的創作道路上，凱迪克卻以他的過人天份、充沛的活力和幽默的精神，為圖文書注入了新的可能。他除了讓圖文巧妙的動起來，也讓大家見識到圖像敘事的魔力，使「插畫」不再停留於裝飾點綴的角色。他所留下來的那些作品，直接、間接影響了一代又一代的後繼者。由於這樣的精神在繪本歷史上仍被一脈相承，遂使得他被譽為繪本界的「宗師」。一九三八年，美國圖書館協會（American Library Association）便是以之為名，設立凱迪克獎（The Randolph Caldecott Medal）。此獎和格林威獎雖同為當今最具公信力的繪本獎項，然以凱迪克率先漂洋過海的路徑看來，他所受到的肯定，以及他對廣大世界的影響，在英國應該也是無人能出其右。

二十世紀開花結果

如果說凱迪克是奠定現代繪本基礎的人，那麼，碧雅翠絲・波特（Beatrix Potter）就是接下來最重要的接棒人了。波特最著名的作品《小兔彼得的故事》（青林國際，The Tale of Peter Rabbit）誕生於一九〇二年。內容敘述一隻頑皮的小兔子，偷偷闖入鄰居麥先生家的菜園後，所經歷的一段冒險故事。在圖文的互動上，波特可說是掌握到了凱迪克的神髓，不僅圖文的互補關係好，其唯妙唯肖、活靈活現的繪圖，以及貼近孩子的文字描述，都讓讀者在翻頁間，有如看到了一隻活生生的小兔。

值得一提的是，凱迪克和波特二人同樣都繼承了英國「博物學」的傳統，他們對於描述對象的觀察極盡細微，並頗能以簡潔的線條，勾勒出暗藏肌理的外貌。這是凱迪克所描繪的動物特徵，更是波特全系列二十三本繪本的最迷人處。就好像彼得兔雖是一隻被擬人化的兔子，我們卻總在牠的舉手投足間，看到那屬於自然小兔的姿態。波特所創造的那些動物角色，不論是貓咪、老鼠、刺蝟、青蛙……，都令人印象深刻。至於在色彩的呈現上，由於波特已經趕上了照相製版技術（photoengraving process）的應用，其繪本在色彩的表現上，便得以顯現出水彩的濃淡，以及更豐富的顏色和層次。當然，也可以更忠實的展現出原畫的細膩處。而這前所未有的突破，也是波特在插畫呈現上略勝凱迪克之處。

就這樣，誕生於十九世紀末的繪本，在二十世紀初經由波特的加深烙印後，很自然的便走進了一個新的紀元。例如，隨著印刷技術的飛躍進步，使得繪本作家不論是在插畫的表現或是版面的選取上，都有了愈來愈自由的趨向。這也暗示了繪本日後的無限可能。此外，因為成本的降低，使得市場得以擴大，於是讀者大衆亦隨之誕生。而讀者的存在，又等於是在煽風點火，煽出了出版社及書市的活絡。

當然，開路先鋒們亦功不可沒。因為他們隱藏在作品中的「繪本祕密」，不僅讓往後的創作者取之不盡，也讓繪本的傳承得以延續下來。我們不妨說，二十世紀的繪本出版，就是在彩色印刷技術及幾位開路先鋒的相互加持下，一路萬紫千紅、百花齊放。

❶是指背著貨品四處販賣的商人。

第二章

《披頭散髮的彼得》——從野性到馴服

《披頭散髮的彼得》誕生

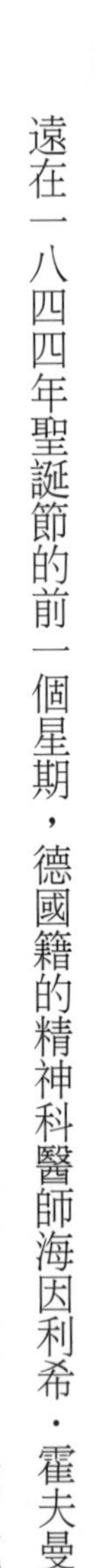

遠在一八四四年聖誕節的前一個星期，德國籍的精神科醫師海因利希·霍夫曼（Heinrich Hoffmann,1809~1894），為了給三歲的兒子買份聖誕禮物，來到了法蘭克福的書店。令他失望的是，坊間給孩子看的書，不是又臭又長，就是粗俗不堪，要不就是一些充滿道德教化的宗教書。於是，這位爸爸買了一本空白筆記本回家，決定要為兒子自寫自畫一本有趣的書。

當書完成時，這聖誕節獻禮不僅得到了自家孩子的喜愛，連兒子身邊的那些小孩也都愛不釋手。據說這是因為霍夫曼醫師在看診時，常隨口說些故事、隨手畫些圖畫，藉以讓他的小病人放鬆心情。所以當他要以「非專業」的身分為孩子做一本書時，那來自平日的「磨練」，便使他很快的就抓到了孩子們的胃。

眼看此書「未演先轟動」，霍夫曼醫師從事出版的友人便慫恿他出版。霍夫曼為了出版，先花了將近一年的時間去學石版印刷，和印刷師父共同鑽研技術，確定筆觸、套色沒有失真之後，才讓這本「私房書」問世。

《披頭散髮的彼得》（Der Struwwelpeter）於一八四五年正式推出，一問世就贏得了滿堂的喝采。它不僅在德國造成轟動，也被歐洲各國紛紛翻譯成其他的語言傳頌。繼初版之後，各種大同小異的翻版至今也已超過了六百種以上。其散布的範圍之廣、流傳的時間之久，終於使這本書被公認為是「第一本大人站在孩子的立場，真心替孩子寫寫畫畫的、具有繪本雛形的書」，並因而在繪本的歷史中，佔有不可忽略的地位。

精采的片斷

《披頭散髮的彼得》一書共分成十篇。多數描寫的是孩子「不聽話」之後的「下場」。每篇都以短詩配上生動、樸拙的插圖，時而意趣盎然，時而驚悚懾人，可謂戲劇效果十足。

圖一 《披頭散髮的彼得》第一篇〈披頭散髮的彼得〉（Struwwelpeter）

第一篇開場的即是「披頭散髮的彼得」，文中雖只說明他是個長年不剪指甲、不梳頭髮的小孩，但這充滿原始況味的畫面，卻不由得使人當下眼睛發亮（圖一）。第二篇說的是一個破壞性強的暴力小孩，打狗之後被狗咬傷大腿，最後只能躺在床上眼睜睜看著小狗坐上他的餐桌，享用著蛋糕、熱狗和葡萄酒。第三篇講的是一個趁爸媽不在、偷玩火柴的小女生，在熊熊的火勢中，小女生被燒成灰，最後只留下一雙可愛的鞋。第四篇裡的三個白人小孩，因為不斷嘲笑一名黑皮膚的孩子，遂被老人丟進墨水瓶裡，結果，出了墨水瓶的這三個小孩，變得比黑炭還要黑了。誰叫他們要嘲笑別人呢？第五篇撇開了大人的「說教」，說的是準備要抓一隻兔子回家的獵人，頂著太陽、扛著獵槍來到樹下休息。不料，兔子偷走了獵人的獵槍，並朝獵人亂射，嚇得獵人落荒而逃。第六篇講的則是一個喜歡吸吮大拇指的孩子，趁著媽媽不在，又將拇指送進嘴裡。結果，裁縫師拿著大剪刀出現，喀擦喀擦就將他的大拇指剪掉了。諸如此類，十個篇幅，充滿了聳動、驚奇、趣味的戲劇元素和喜劇效果，令人看了忍不住要大呼過癮，想要一看再看。

為了讓讀者能更體會作者的表現方式和本書特色，茲摘錄第七篇全篇文圖如下：

卡斯巴是個白白胖胖的男孩，
他的臉頰像蘋果一樣泛著紅光。
他很健康，
而且每次都會好好的喝湯。
但是，有一天，他卻大叫：
「我不要喝湯！我討厭喝湯！我絕不喝湯！」

第二天——你看！
他變得這麼瘦。
但他還是大叫：
「我不要喝湯！我討厭喝湯！我絕不喝湯！」

第三天，他變得更瘦了！
看到湯，卡斯巴還是大叫：
「我不要喝湯！我討厭喝湯！我絕不喝湯！」

第四天，卡斯巴已經瘦得像根針，
體重只有七點五公克。
第五天，他就住到墳墓裡去了。（圖二）

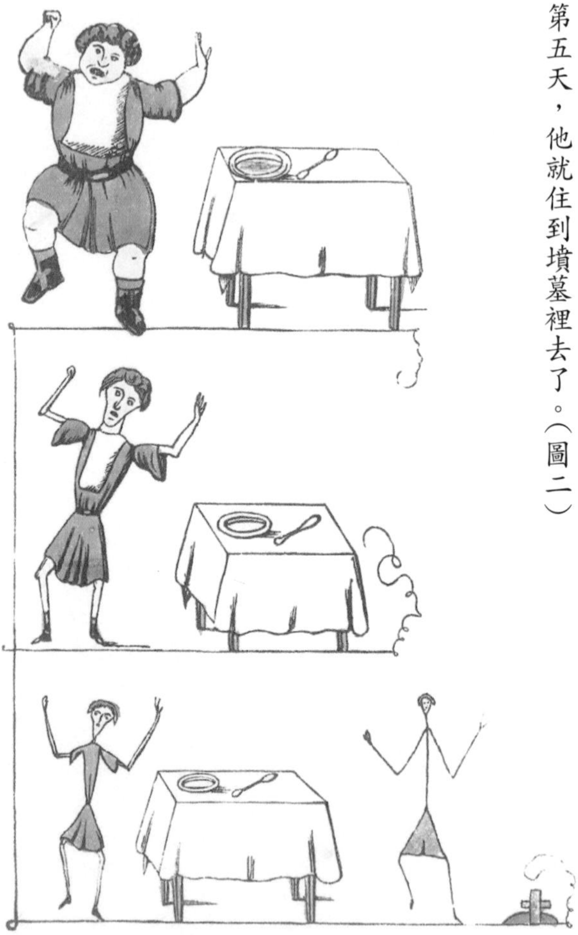

圖二　《披頭散髮的彼得》第七篇〈不喝湯的男孩卡斯巴〉
（Die Geschichte vom Suppen-Kaspar）

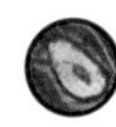

兒童專屬的超級恐怖片

記得第一次讀完這本書時，彷彿是習慣了「溫潤可人」的脾胃嚐到了「既辛辣又生猛」的吃食那樣，足足讓我興奮了好些時候。心想，竟然會有如此既質樸又驚悚的繪本存世，如果孩子們看了，不瘋掉才怪！

果然，不出我所料，當我拿著這本書去說給孩子們聽時，他們完全因書中的「野性呼喚」而亢奮不已。他們臉上的神采跳動，壓根不同於聽、看一般的繪本那樣。

由於書中小孩頑皮、好奇、喜歡惡作劇、不知死活……的行為，活脫就是他們的日常寫照，所以孩子們都像找到知己那樣，無不以熟悉的眼神盯住書中的每一位主角，並不時睜大眼睛在看這些「小英雄」如何衝破大人的禁忌，替他們完成玩火、不喝湯、走路不看路、颱風天出遊……等不可能的任務。至於書中小孩最後所遭遇到的那些慘烈結局，諸如被燒成灰、瘦成一根針、跌落水底、消失在雲端……等等，固然也很駭人聽聞，但這些誇張的情節，平添了不少黑色幽默。這對小讀者來說，就彷彿看到了一部專門為他們打造的恐怖片一般，在恐怖加身、死命尖叫之餘，又不失其誇張好笑的娛樂特性。也因此，那鮮明、強烈的驚魂印象，雖然令人

圖三　《披頭散髮的彼得》第六篇〈愛吸拇指的男孩〉（Die Geschichte vom Daumenlutscher）

背脊發涼，但也讓人在看完後，忍不住想要「安可」幾聲。

果然，我面前的孩子們，在驚呼之餘，總要一聽再聽。於是，有一陣子，它幾乎成了我和讀書會孩子們相聚時的必讀之書。就在我們沈迷於這種原始生命力的呼喚及深層心理的共鳴時，背後大人狐疑的眼神，卻開始造成了我的不安……。

站在現今大人的角度來看，這本書不僅有著濃濃的教訓味，還夾帶著恐嚇——如果不乖乖聽話，就會遭遇到悲慘的結果。更甚者，它還出現了裁縫師剪人手指的滴血畫面（圖三），顯然是「兒童不宜」。然而，對於這本在兒童面前可以維持「百年人氣不墜」的繪本，我個人似乎很難因為現今成人的一些標準，就馬上將之束之高閣。總覺得這本書在一八四五年造成前所未有的轟動，勢必有其道理；而一代代的小孩熱愛不減當年，則又訴說了這本書中隱含的魅力！看來，該去面對的，又是那道橫阻在成人與小孩之間的閱讀鴻溝了。

該與不該？

到底，我們該如何看待這本書呢？我們固然反對道德說教，但對於一個身在十九世紀的成人來說，能用反道德的方式訴說道德，是不是已經跳脫當時成人的普遍限制了？在理解了時代背景以及創作源起之後，我們是否必須承認，作者「娛樂」的目的其實是大過「教訓」的目的？今人解讀之後，如果認為其內容牴觸了現今成人的價值判準，而必須將之打入十八層地獄的話，是否會讓未來的孩子錯失了一次無可取代的閱讀經驗呢？而成人與兒童之間的閱讀鴻溝，又將如何填平？又大人口口聲聲說書籍不該爲了達到教訓的目的而恐嚇小孩，但在日常生活中，即使是一百多年之隔，大多數的大人不都還在編造各種故事、說辭，企圖讓身邊的小孩對他們的行止知所節度，並乖乖「就範」於成人的想望呢？如果是，那麼，我們這些無法編出更生動、更令小孩讚嘆的故事的大人，又如何鐵口直斷，說這是一本不該唸給孩子們聽的書呢？

就這樣，面對成人世界的不安，以及孩童的真實渴望，《披頭散髮的彼得》成了一本長年困擾著我的繪本。我常在書間躊躇，不知道該繼續本著分享的心情，和孩子們暢讀此書呢，還是本著成人在教育上的顧慮，爾後開始鳴金收兵？而為了找尋答案，我展開了一段關於此書的探索之旅……。

 換湯不換藥

首先，讓我們回到這本書問世的十九世紀中期。在當時，這本書之所以會同時廣受小孩、成人青睞，其實有著迥然不同的原因。

對小孩而言，那是來自於他們對書籍的「飢渴」。因為，自有人類以來，孩子們從來不曾看過有任何的大人會以貼近他們的角度，去創作一本他們真正想看的書。當一個近乎「野生」的孩子——彼得，在一堆枯燥無趣的書堆中用他的長爪亂髮向他們招手呼喚時，孩子們無不欣喜若狂。尤其，在打開書頁之後，書中的小孩，各個都是他們想要違抗文明秩序時的真實面貌。所以在閱讀的過程中，孩子們無不以為這是一本讓自己躍然紙上的書。而書中的小孩每每替他們違抗大人的命

令，就好像第三則的女孩恣意點起火柴棒那樣，無不燃起了每個小孩心中那難以壓抑的熾烈野性。

至於成人，我們不難想像，十九世紀還是成人強勢宰制小孩的時代，幾乎所有的成人，都希望小孩可以脫離野性，早日進入成人所規範的秩序，在生活中像成人一樣「正襟危坐」。書中描述野小孩的種種行徑，固然令古今大人同捏一把冷汗，但終究每則故事的結尾都狠狠的「修理」了這些孩子，而這樣的處理，算是給了當時普遍標榜「道德教訓」的大人們一個很好的交代。也因此，這有「教化」意味的書籍，在當時可以廣獲成人的贊同。

一百多年之後，大人們對於兒童文學的看法已經有了極大的轉變。雖然大多數的大人骨子裡依然不希望小孩太過為所欲為，但大家都希望能夠透過較婉轉的方式，讓兒童在「潛移默化」中，去接受成人世界的價值。我們看到許多成人開始對《披頭散髮的彼得》中誇張的警告頻頻蹙眉，不過，也還有極少數、極少數的大人，會覺得面對狀況頻仍、百勸不聽的小孩，這本書頗具對症下藥的功用。我們由此可窺，成人的觀點雖然與時俱進，但說穿了，還是很難跳脫那想要掌控小孩，以及想要改變小孩的企圖。看來，現在大多數成人在意的，或許只是「手法」問題，而非教訓與否了。而這，也是為什麼相較之下，世界兒童名著《木偶奇遇記》（Le avventure di Pinocchio,1880）至今仍為大人所接受的原因吧！

我們不妨對這兩本出現在十九世紀中、後期的名著稍做比較。兩書的內容雖然迴異，但《木偶奇遇記》中的皮諾丘貪玩、懶惰、愛說謊……的習性，其實和《披頭散髮的彼得》中那些違反秩序的孩子們如出一轍。只是，《木偶奇遇記》跳脫了《披頭散髮的彼得》直接由因導果的描述方式，細膩的陳述了小木偶如何在一次又一次的經歷中習得教訓，包括最廣為人知的「因為撒謊而鼻子變長」的情節。當然，此書最後依然不負成人所望，皮諾丘因為嚐盡了不聽話的苦頭，最後良知漸醒，因為改過自新，而從木偶變成了真正的孩子。

仔細想想，作者娓娓道來，將當時成人所強調的道德觀融入故事，這對閱讀中的兒童，其實是一種漫長的「洗腦」過程。當然，小孩還是會被其中充滿幻想的情節所吸引，但這種表面包裹著文學的糖衣、實則教訓目的濃厚的作品，和訴求直接、卻幽默有趣的《披頭散髮的彼得》，到底何者更能引起孩子們的共鳴呢？至於大人們所以不那麼排斥《木偶奇遇記》，想必就在於它不全然以恫嚇的方式呈現，而是有著較多的溫和說理吧！但溫和的說理是否就比辛辣的手法高明呢？這是我在比較兩書時，始終存疑的部份。

我們再看看一九六〇年代於日本出版，至今仍廣受成人、小孩喜愛的繪本【小露露系列】[1]吧！這是由瀨名惠子創作的八本長銷幼兒繪本。作者以貼畫的簡潔形式，極具趣味的表現了幼兒生活中可見的點滴妙事。透過層層的包裝，我們聽到、看到的雖然是溫柔婉約的成人語調，但仔細看，會發現骨子裡其實並未丟開成人想要規範小孩的千古目的。比方說，《生氣貓》（台灣麥克，ふうせんねこ，1972）（圖四）中的小貓因為過度生氣，而讓貓臉脹成氣球，使自己最後同樣和《披頭散髮的彼得》中那不知天高地厚、在暴風雨日出遊的孩子一樣，消失於天際（圖五）。《是誰晚上不睡覺？》（ねないこはだれだ，1969）雖然以詼諧的方式先問小孩「有誰晚上不睡覺？」但在回答完貓頭鷹、小貓、小老鼠、小偷等令人發噱的答案之後，一名還沒乖乖上床睡覺的小孩，卻被小精靈抓走了。就算畫面中經過修飾的小精靈看起來並不怎麼可怕，但作者想要奉勸小孩早睡的意圖，卻已昭然若揭。

對我而言，【小露露系列】有滿載的童趣，卻也善用了現今成人可以接受的

圖四 《生氣貓》
（台灣麥克，ふうせんねこ，1972）

圖五 《披頭散髮的彼得》第十篇〈飛天男孩羅伯特〉
（Die Geschichte vom fliegenden Robert）

方式，悄然進行著成人想要馴化兒童的「永恆企圖」。相較於野性奔放的《披頭髮的彼得》，它的表現是甜美的，它的文字是逗趣的，但它的主題也無外乎都是一些道德上的要求。它要求小孩不要老是說不、不要彼此爭執、要乾乾淨淨、要符合成人眼中的「可愛、乖巧」的形象。如此一來，便不免使人納悶，何以這套隱含教訓的作品，自一九六〇年代問世以來，至今仍然廣受成人的喜愛？但相對的，《披頭散髮的彼得》卻必須承受來自於現代成人的批判和狐疑的眼神呢？

談到這裡，答案似乎已經呼之欲出。兒童文學進入二十世紀中期以後，就開始不斷的強調，給兒童看的書，應該避免教條、教訓和過於露骨的成人意圖。而這新的「道德」，使有些成人在檢視童書時，會近乎潔癖的想要排除具有教訓意味的作品。

反教訓，無疑的是一種進步。但如果大人無法完全擺脱想要馴化小孩的意圖，那麼，「反教訓」便很容易只是淪為一種口號，這對成人在判斷童書時，並不見得有實質上的幫助。而這也是為什麼現代大人看到《披頭散髮的彼得》一書會感到緊張，但在面對【小露露系列】這「披著羊皮」的繪本時，卻又大表肯定。因為，【小露露】沒有明顯的教訓語彙，卻精緻的達到了循循善誘、馴化小孩的成人目的。至於雖使野性遭遇挫敗，卻也有可能喚醒小孩野性的《披頭散髮的彼得》一書，則難免令當今的成人因為它的明白示警，和其間小孩的過度野氣，而感到頭皮發麻了。

現代成人的矛盾

經過了上述三者的比較，我們不難發現，成人在看待童書的標準，其實是表裡不一的。三種書，同樣難掩成人的教化目的，但因手法的不同，成人的評價就出現了天壤的歧異。這樣的結果，正好暴露出當今成人在面對兒童時的內在不安和矛盾。

當然，現代成人對於《披頭散髮的彼得》一書感到不安，是可以理解的。我們或許擔心小孩會有樣學樣，或是擔心那一幅幅驚悚的畫面會傷及幼小。然而，小孩果真如大人所想的那樣脆弱和不懂得分辨嗎？其實，只要伴讀的大人不預設目的，說不定那就真的如前面所述，我們不僅可以和他們一起共看一部娛樂滿點的恐怖片，也能在其間發現作者以樸拙、直指內在深處的表現方式，鮮活的展現出原初生命的那種頑強、不被雕琢的特質。畢竟，這才是作者創作此書的重點。而其「前無古人，後無來者」的鮮烈呈現，想必也就是它最吸引小孩的地方了。

如果成人依然對《披頭散髮的彼得》心存戒心，我個人以為，那還是可以被理解和予以尊重的。可是，對於排斥《披頭散髮的彼得》，卻對《木偶奇遇記》和【小露露系列】能夠安然處之的成人，又要做何解釋呢？畢竟，相較於《披頭散髮的彼得》，兩書對於孩子的「馴化」程度相對深刻，但成人卻可以在毫不抗拒的情況下，就讓這把「文明的剪刀」介入兒童的生活。可見，這樣的判準並未真正站在小孩的立場思量，純粹是站在成人的角度，企圖以「文明」對抗「自然」，藉此達到規範小孩、創建文化秩序的目的。

關於這一點，《亂七八糟》（台灣麥克，もじゃもじゃ，1969）中的小露露正好可以做為明證（圖六至圖八）。作者善於放餌釣魚上鉤，她首先一頁一頁問小讀者，亂七八糟的東西有哪些？在圖示中，我們看到庭院尚未修剪的樹、毛茸茸的小狗、解開的毛線，以及小露露的一頭亂髮。緊接著，樹被修剪得有型、小狗被剃毛剃得清爽、毛線也被纏繞得好好的了。接下來，輪到小露露了，出現在畫面上的梳子和剪刀，其實已經不言而喻，但高明的作者什麼也不說，只是問道：「鏡子裡的漂亮小孩是誰呢？」

（由上而下）圖六至圖八　《亂七八糟》
（台灣麥克出版，もじゃもじゃ，1969）

這就是我前面所說的「文明剪刀」的介入。作者以近乎不著痕跡的手法，試圖雕塑出一個合乎文明想望的「兒童形象」。換句話說，她以穿戴乾淨整齊、頭髮指甲修剪得宜的小露露，精準的塑造出一般成人對兒童外表的基本要求。當生長力旺盛、性情不羈的幼兒反覆閱讀此書時，便有可能在自我同化的作用下，於不經意中認同了這文明的規範。這是成人提供童書給兒童閱讀的目的之一，也是兒童在成長過程中必然要面對的課題。但是，一如我們按照文明的規範去雕塑身邊的小孩那樣，一旦他們被及早「馴服」，他們原有的個性，勢必也會一點一點的流失。這也就是為什麼經過文明洗禮後的小露露讓人覺得眼熟、平凡、沒有特色，但彼得不受文明剪裁的形象，卻得以在孩子心中長命百歲的原因了。說得更明白一點，【小露露系列】因為在書中細密的發動「教養」攻勢，而得到成人的青睞；《披頭散髮的彼得》則因為保留了小孩得以選擇繼續撒野或就範的空間，而造成了成人怕怕、小孩全力支持的有趣現象。

無止無休的探問

一般而言，不論是戲劇性的誇張演出，或是文學性的隱喻呈現，只要它們展現了合乎小孩的趣味，孩子們便會照單全收。大體上，他們不太會因為成人的恐嚇或說教就被勸退，因為他們並不關心這樣的成人目的。不過，如果成人在一開始，就有很精巧的設計，試圖要將兒童「收編」到屬於成人秩序的一方，那麼，孩子們是否能夠「全身而退」，也就不得而知了。

至於成人，往往會因為所處時代或自身的「兒童觀點」，而對童書有著不同的判準。以現代的成人來說，我們一方面容易戴上「不可以說教、恐嚇」的道德面具，反對道德訓示；一方面卻又在心靈深處，大力支持那些透過包裝，對兒童加以馴化的作品。想來，這是現代成人在看待童書時的最大矛盾。這樣的矛盾若無法釐清，只怕會讓我們帶著不自覺的偏見在看待童書，進而影響兒童。也因此，身為大人的我們，實有必要多所警惕，想想自己在「小孩的天生野性」和試圖壓抑小孩野性的「文化馴服」之間，是否太向成人一方靠攏了呢？如果是，那麼我們當然會漸漸失去一種能力，變得無法像所有的孩子那樣，痛痛快快的去品嚐《披頭散髮的彼得》這罈既烈又醇的老酒了。

關於《披頭散髮的彼得》到底適不適合再唸給孩子們聽，對我而言，依然是個沒有確切答案的提問。但至少，這本幾乎可以稱得上是繪本起點的驚世之作，如今已經成為我思索成人與兒童之間閱讀鴻溝的起點了。我還是偶爾會和小孩忘情的閱讀此書，但我也不忘心中那來自於「我」這個成人的些微不安。看來，這探問之路，會無止無休。

❶此系列為日本繪本作家瀨名惠子自一九六九到一九七二年，陸續由福音館書店出版的八本幼兒繪本。除了《是誰晚上不睡覺？》之外，其餘七本：《紅蘿蔔》（にんじん）、《亂七八糟》、《我不要》（いやだいやだ）、《哇哇大哭》（あーんあん）、《生氣貓》、《露露的襪子》（ルルちゃんのくつした）、《美麗的箱子》（きれいなはこ）皆被台灣麥克收錄在【小繪本大視界】的套書組合中。由於小露露是裡面最常出現的主角，故在此以【小露露系列】稱之。

第三章
奔騰中的野馬——
藍道夫・凱迪克

一八七八年，英國的雕版師父艾德曼・伊凡斯在自己研發的多色彩色印刷技術臻於成熟之際，邀請了當時在插畫界頗具名聲的藍道夫・凱迪克（Randolph Caldecott）與他合作，一同製作劃時代的高品質童書。

在這之前，廣受大眾閱讀的圖文書「toy-book」，因為成本、紙質和印刷技術等的限制，使得成品難掩粗劣，並少有文學藝術上的價值。而且為了避免油墨滲透，通常也只能單面印刷。所以像今日繪本中我們所熟悉的「圖文關係」、「翻頁效果」，可以說都還沒有被意識或是被創造出來。在既有的條件中，圖像在書中所扮演的頂多就是點綴、美化，以及文字的輔助角色而已。

由於伊凡斯願意採用好紙的決心，使雙面印刷成為可能，凱迪克也因而在這新的條件中找到了新的創作語彙。他除了在圖文間做了靈活的配置，也善用翻頁的效果，遂使得動態十足的圖像，縱橫全書。在一本圖文兼具的書中，圖不再僅只是陪襯的角色而已，它和文字在唱和間相互幫襯、相互提攜。他所創造出來的圖文關係，往往有如舞台上的音樂和舞蹈，兩者既融洽又難分軒輊。這樣的紙上演出，不僅帶來新的視覺和聽覺上的趣味，也激發出動人的描述。這對當時的讀者而言，無疑是一場前所未有的閱讀新體驗！

一開始，凱迪克找來現成的童謠「傑克蓋的房子」（This Is the House That Jack Built）和百年前的敘事詩「約翰・吉平的旅程」（The Diverting History of John Gilpin），經過對內文的推敲和想像後，他以多年的插畫功力，讓文本得以因為圖像的詮釋以及前後頁不再被打斷的連續性，造就出讓人耳目一新的內容表現。這兩本書可以說是一鳴驚人。它們在甫問世時，各印了三萬本，想不到，在半年之內就銷售一空。之後，凱迪克和伊凡斯這對黃金拍檔，便以每年兩本書的速度繼續出版。直到一八八六年凱迪克過世為止，他們總共完成了十六本繪本，而這十六本繪本，也就成了繪本歷史上的「傳世之寶」。它們不僅帶動凱迪克同一時代的插畫家紛起仿傚，加入創作童書的行列，也深深的影響了後世的繪本作家，成為大家在探究繪本創作時的最高祕笈。

圖一 《傑克蓋的房子》
（The House That Jack Built, 1878）

繪本的「開山祖師」凱迪克早在其畢生所創作的繪本裡，藉由不同的文本，不同的安排，明白的為後繼者揭櫫了繪本的特質，以及文圖關係的諸多可能。因此，閱讀凱迪克，有如打通繪本學習者的任督二脈，不僅使人有醍醐灌頂之感，也讓人對繪本的神髓當下心領神會。沒錯，早在一百多年前，凱迪克就為我們立下了一個至今仍難被人取代的繪本典範。也因此，要瞭解繪本，要打開繪本的歷史扉頁，就要先從認識凱迪克和他的作品開始。

凱迪克的生平

凱迪克於一八四六年誕生於英國的卻斯特。他的父親是一名布商，儘管家中兄弟姊妹多達十三人，但從小到大，他們一直過著堪稱優渥的生活。除卻經濟無虞，凱迪克的童年其實過得並不平順。他在兩歲那一年，罹患了風溼熱。這個當時的流行病，使他有很長的一段時間都臥病在床，以致無福像一般的孩童那樣，可以經常到戶外活動。六歲那一年，凱迪克的母親過世，八歲時，父親續弦。年幼的凱迪克，在與繼母和六名同父異母的弟妹共同生活中，難免因為思念摯愛的母親，而常感孤寂。

十五歲，凱迪克決定結束學業，離家到二十哩外的鄉村銀行工作。他在農家借屋而居，即便銀行員的工作與其志趣不合，但可以離家，又可在閒暇時釣魚、打獵、至市場閒逛，不僅紓解了他一直以來的生活苦悶，也讓他因為享盡田園生活，變得終身熱愛田園。而這段期間的許多田園寫生，也都成了他日後繪本創作的背景和素材。

一八六七年，二十一歲的凱迪克接受調職，前往曼徹斯特的銀行工作。一向喜歡畫畫自娛的凱迪克，這會兒還認真的到夜校學習繪畫技巧。除了自然寫生，他也學畫水彩、線描畫和油畫。另外，也因為結交畫友，使得他開始有了在地方報紙發表插畫的機會。在曼徹斯特的這段期間，不僅使凱迪克眼界大開，也是他點燃創作熱情的最重要階段。

一八七二年，凱迪克下定決心轉換跑道。他辭去銀行工作，到倫敦正式展開專業插畫家的生涯。那一年六月，他的作品首度出現在當時的重要雜誌《龐奇》（Punch）上頭，插畫界的明日之星自此受到文化界的矚目。之後的幾年，除了受到美國《每日畫報》（Daily Graphic）雜誌的青睞，陸續為他們畫插畫外，凱迪克也受邀為當時的文學作品添置為數不少的插圖，這些作品都因圖畫的助陣，平添了更高的可看性。

一八七八年之後，插畫技巧臻於成熟的凱迪克，有幸獲得伊凡斯的邀約，並在伊凡斯的巧手下，完成一本又一本史無前例的、超越「toy-book」的童書。關於這一點，凱迪克無疑是幸運的。因為，伊凡斯在當時是英國雕版師父中的第一把交椅，他不僅眼光獨到，也給予合作的畫家完全的自由。至於他要做的，就是透過自己精湛洗鍊的刻版技術，以及對色彩的高度敏感，去忠實再現畫家的原畫。在彩色印刷技術萌芽之初，畫家想要讓自己的畫技透過印刷「修得正果」，實為不易。沒想到，凱迪克卻因為有幸與大師相遇，而讓他那擅於捕捉瞬間動作的耀眼作品，得以在當時與世人照面。這樣的因緣際會，在當時無疑是令人感到振奮的。至於百餘年後的我們，也不禁要為他們兩人所共同完成的高質感與高品味作品，由衷表示讚嘆。

一八七九年，凱迪克因為童年罹患風溼熱的後遺症，使他無法繼續承受倫敦多溼的氣候和繁重的工作。於是，他移居到肯特州的鄉下，並在那裡找到了生命中的伴侶。雖然移居鄉野，加上婚後的居家生活使得步調較趨安穩，但一向對工作抱持狂熱的凱迪克，並未因此而稍稍鬆懈。他除了每年須完成兩本新的繪本外，也持續不輟的以生動的線描畫速寫農村的生活點滴，並繼續為數本文學作品扮演「化妝師」的角色。

如此「過勞」的身體，幾乎都只能等到每年冬天的出遊才能暫得喘息。一八八五年歲末，凱迪克夫妻在友人的熱情邀約下，前往美國佛羅里達州避寒。不料，卻因旅途的勞頓和天候的異常變化，使得凱迪克的身體狀況跟著急轉直下。一八八六年二月，這位已在插畫界享譽盛名的天才，最後竟以三十九歲的英年，早逝於異鄉。

繪本的魔法師

凱迪克在事業如日中天之時遽然長逝，這對當時的插畫界和後世的讀者而言，都是莫大的遺憾和損失。凱迪克雖以他所留下來的十六本繪本作品，知無不言、言無不盡的告訴世人，繪本中的圖文合奏有哪些可能，但就好像在看魔術師的表演那樣，儘管每一次的演出，都讓人看得讚嘆連連、驚喜入迷，卻也不免讓人對其新鮮俐落的呈現，感到意猶未盡！總覺得這位身懷絕技的魔術師如果可以再現，那我們的眼前，勢必又可以有更多、更多的魔法降臨了。

我們幾乎可以說，是凱迪克「發明」了繪本這巧妙的形式。他靈活的創造出圖與文像音樂般的對位關係，並在主旋律與變奏的往來間，完成了一首又一首完整又扣人心弦的繪本曲目。尤其，凱迪克最擅長的，莫過於將孩子們朗朗上口的童謠，變身為一則有頭有尾並充滿笑點與嘲諷的作品。他對文字總有獨到的解讀，而圖像的詮釋又往往為文本再添新的劇情。當一首難懂、沒有連貫性的童謠到了凱迪克的手上時，他便彷彿成了「解密者」似的，讓原本對童謠內容一頭霧水的讀者，不僅從中看到了條理，也看到了許許多多的弦外之音。

例如在〈小小孩邦婷〉（Baby Bunting）這則寥寥四句的童謠中，凱迪克便是以十二頁的插圖，將之擴充為一個既不偏離主文描述，又能轉而更加完整的短篇故事。如果，一般的插畫者只看文字：「Bye Baby Bunting! Father's gone a-hunting, Gone to fetch a Rabbit-skin. To wrap the Baby Bunting in.」或許會對於如何將內容視覺化感到不知所措吧！但是，凱迪克卻以其過人的智慧，化解了這首童謠在內容上單薄、無厘頭的侷限，並將之擴充成一則骨肉兼具的故事（圖二至圖八）。

一開始的幾頁，凱迪克亦步亦趨的忠於原文，一方面藉由介紹小小孩邦婷，

（由上而下，由左至右）圖二至圖八 〈小小孩邦婷〉（Baby Bunting, 1882）

畫出父親出門打獵前的居家狀況，一方面也藉由將「爸爸」「去」「打獵」（Father's gone a-hunting）拆成三頁，清楚的描繪出父親在外奔波打獵的情形。但一等翻到「去取」「一張兔皮」（Gone to fetch a Rabbit-skin）的兩個跨頁時，凱迪克索性跳脫了文字的講述，藉由圖像讓人理解到，爸爸在野地上下求索，不僅絲毫沒有斬獲，而且他為了要帶兔皮回家，竟然來到了一家「兔皮專賣店」，準備用買的充數。在這裡，其實已經充分顯現出凱迪克特有的頑皮和幽默了，而類似這樣的即興脫稿演出，往往也是他為所選童謠「解圍」的妙方之一。

接著，在「把小小孩邦婷包起來」（To wrap the Baby Bunting in.）的左頁，我們看到的是孩子穿上父親買回來的兔皮後，一家人皆大歡喜的畫面。這種當事人不知，只有作者和讀者心照不宣的安排，可以說再次提高了閱讀的趣味，它讓人忍俊不住的想要為這荒謬的行止，開懷一笑。

凱迪克的高明，並不僅止於此。就在讀者以為隨著文圖的呼應，故事理當在最後一句文字的落款處作結時，右頁中母親和小小孩邦婷那蠢蠢欲動的眼神和動作，卻隱約暗示了另一情節的浮現可能。果然，就在翻頁的剎那，所有的空氣突然在一個停格的畫面中凍結了。那是母親手牽套著兔皮的邦婷至戶外散步的畫面。令人感到錯愕的是，邦婷竟然與路旁的幾隻活野兔在此不期而遇！雖然，這時已經不再有文字為之詮釋了，但卻讓人對於小小孩邦婷和野兔的當下處境，感到尷尬莫名。而從母女與數隻小兔的眼神飄動中，似乎也多出許多讓人自由解釋及自由想像的空間了。

雖說，故事到此戛然而止，但這輕輕的一筆帶過，卻有如在讀者的心中閃過一道陰影似的，讓人不得不在這赤裸裸的「真相」面前，像小小孩邦婷那樣停下腳步，愣在那裡。即便沒給明確的答案，但凱迪克這位魔法師，已經讓我們在不知不覺當中，掉進了一個他所精心營造的悲喜共存的世界了。他一方面讓我們見識到他那賦予童謠新生的鬼斧神工，一方面也讓我們領會到其對人生的洞察和反諷。這短短的四句童謠，在凱迪克的點化下，變得極耐人尋味。它除了讓人讀出趣味，看出圖、文在書頁間所展現的精采雙人舞外，也藉由意外的結局，在讀者心中留下久久不散的餘韻。所以說，即便是一場小小的魔術演出，凱迪克那遊刃有餘的功力，還是讓人覺得嘆為觀止。

不受拘束的野馬

至於對其他短文或長篇敘事詩的描述，凱迪克不僅會生動的將文字內容畫出，也總不忘在畫面中加點兒料，藉以呈現趣味，或是趁機反映當時的庶民百態。例如《約翰．吉平的旅程》一書中的文字，乃是取自十八世紀詩人威廉．古柏（William Cowper,1731~1800）所寫的一首長詩。凱迪克除了讓這首膾炙人口的詩具像化之外，也不時的在偷渡一些市井小民的生活速寫，並因而使得故事的內容，在視覺的傳達上，益顯豐富、更添格局。

這故事說的是忠厚老實的吉平先生要和家人一起到餐廳慶祝結婚二十週年，因為馬車擠不下，所以吉平先生跟好友借了一匹馬，準備自行前往。因為一些陰錯陽差和那隻只顧向前狂奔的野馬，使得吉平先生不僅到不了家人久候的餐廳，還一路飽受折騰，甚至一度被誤以為是搶匪而引來眾人的追逐。最後，馬兒終於在吉平先生家的門口停下腳步，但吉平先生期待中的晚餐卻泡湯了……。即便是這樣，這驚

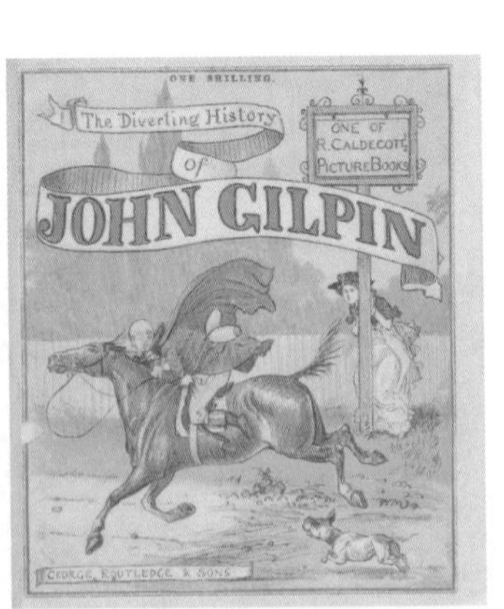

圖九　《約翰．吉平的旅程》（The Diverting History of John Gilpin, 1878）

圖十 《約翰・吉平的旅程》內頁

險的一天還是詼諧滿檔，讓人忍不住想要重新回味。也難怪，作者最後以「如果他下次還要騎馬出門，我還想再看呢！」做為這場喜劇的收尾（圖九）。

凱迪克除了忠實傳達文本的內容，也提供讀者許多新鮮的想像。像是吉平先生的家人乘著馬車揚長而去時，畫面中就有幾位路邊的孩童跟著一路歡呼、追逐。當吉平先生駕馭不住馬匹，在城裡呼嘯而過時，路邊出來看熱鬧的民眾，可謂形形色色。除了有紳士、淑女、跌跤的小孩、理髮店的老闆和客人……外，還包括一群好奇的小狗和飽受驚嚇的白鵝。這些原本在文字裡不曾提及的角色和他們的即興演出，不僅為整個故事增添許多有趣的畫面，也為吉平先生的歷險記，

圖十一 《傑克蓋的房子》（The House That Jack Built, 1878）

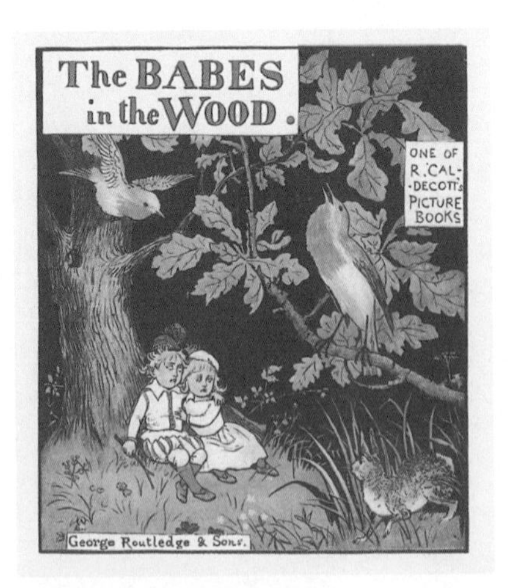

圖十二 《森林裡的小孩》
（The Babes in the Wood, 1879）

吹入了一股滿載現實的活力（圖十）。

到底是怎樣的畫筆，可以栩栩如生的展現這充滿臨場感的躍動呢？說來，這全要歸功於凱迪克那洗鍊的線描畫功力。他用最少的線條，準確的描繪出角色的瞬間動態，這些角色有時是蓄勢待發；有時則彷若吉平先生所騎的那匹奔騰的野馬那樣，完全不受版面的拘束，在頁與頁之間，狂野的展開他們的跨越行動。這充滿生命活氣的線描畫，可說是凱迪克身為一代插畫宗師的最大魅力了。在照相機尚未問世的時代，他就已經將自己訓練成一個能夠藉由流暢的線條，去為這生動世界帶來「傳真」畫面的線描畫家了。也難怪，即便是一個小小的走路動作，凱迪克筆下的每個步伐，都充滿了表情。他在描寫各種動物的姿態時，也彷彿讓人看出了隱藏在線條裡面的骨架和肌理。至於要說凱迪克的線描畫有什麼缺點？那就是，他所描繪的小孩，尤其，是近距離的小孩，往往顯得老氣而不真實。相對於其對馬、狗、豬、貓……等動物那肌理準確、外貌傳神的描繪，凱迪克顯然還沒有完全掌握到小孩在肢體及面部表情上的特徵（圖十一、圖十二）。看來，凱迪克先生對於兒童的觀察，還有待加强呢！

儘管如此，凱迪克的線描畫功力還是讓許多人望塵莫及。這不僅僅是素描的能力，還包括他的整體構圖能力，和他那與眾不同的圖像敘事觀點。如此出類拔萃，除了有他對於人生的洞悉與熱情，關鍵還在於他是個深諳「省略」藝術的創作者。他曾說：「線用得越少，所犯的錯誤就越少。」簡約的線條表現，可以說就是凱迪克線描畫的最高境界。此外，他的作品鮮少彩色頁，除了成本考量，最重要的還是他看重線條勝於色彩。也因此，他拒絕讓過多的色彩損傷到線描所帶出來的真實性。雖然這可能有違一般讀者的期待，但我們從他的堅持可窺見，線描畫幾乎就是凱迪克的創作生命。對他而言，色彩只是在為完成度已高的線描畫上妝，故不宜濃抹。這和當今許多以眩目色彩來博取讀者青睞的繪本相較，何者較能展現出繪畫在「說故事」時的力道，看來也已經不言而喻了。

自繪本開天闢地以來，凱迪克的線描畫成就，還有他所揭示的圖文間天衣無縫的關係，以及他在作品中不時流露出的英式辛辣幽默，都被英國之後的一些重要繪本作家奉為圭臬。我們不妨說，有關凱迪克的諸多特長，已經交由其後的英國繪本作家予以傳承。即便超越不易，且時代的條件迭有邅變，但一群包括碧雅翠絲・波特、萊斯利・布魯克（L. Leslie Brooke,1862~1940）、威廉・尼可森（William

Nicholson,1872~1949）、艾德華・阿迪卓恩（Adward Ardizzone,1900~1979年）❶、約翰・伯寧罕……等人在內的英國重要繪本作家，都在看過凱迪克的遺作之後，紛紛跨上馬背，奮起直追。而英國繪本的優質傳統，也就在這些人的薪火交付中，被守護了下來。

❶艾德華・阿迪卓恩為《小提姆和勇敢的船長》（Little Tim and the Brave Sea Captian,1936）、《提姆冒險記》（Tim to the Rescue,1949）、《提姆和夏綠蒂》（Tim and Charlotte,1951）（以上由米奇巴克出版）……等書的作者，是英國重要的繪本作家之一。終其一生，共創作了十一本【提姆】系列作品，這些兒童海上冒險故事，深深吸引著古今兒童。其中的《孤單的提姆》（Tim All Along, 1956）曾經獲得凱特・格林威獎。

第四章
發光的寶石——碧雅翠絲·波特和她的動物故事

小手愛不忍釋的袖珍型繪本

一九〇一年，碧雅翠絲・波特（Beatrix Potter）女士自費出版了兩百五十本她的繪本首作《The Tale of Peter Rabbit》送給至親好友及試賣。隔年，她應菲特列・沃恩出版社（Frederick Warne & Co.）之邀，將原本的線描畫著色之後，透過三色照相製版印刷，讓此書重新問世。結果，彩色版（中文版：《小兔彼得的故事》，青林國際）推出之後大受好評，在英國一口氣便賣掉了八千本。這樣的轟動雖然始料未及，卻也大大的鼓舞了波特，使她從此投入創作，在之後的二十年歲月中完成了二十三本的繪本創作。

這些長十四公分、寬十點五公分的袖珍型繪本，可以說是繼凱迪克之後，再次點亮英國繪本界的幾顆不容小覷的星星。它們不僅讓許多的小手愛不忍釋，也深獲大人們的喜愛。即使早已跨越了百年門檻，這些書和其周邊商品到現在都還熱賣不墜。尤其是人氣王——彼得兔，甚至還跨刀代言其他商品，成為有史以來，全世界最享盛名的一隻兔子。

描寫動物故事的翹楚

繼彼得兔之後，波特女士陸陸續續創作了許多動物故事。有松鼠、貓、老鼠、刺蝟、青蛙、鴨子、狗、狐狸……等分庭擔綱。這些角色總是不負眾望的來到每本小書的頁面中央，像小兔彼得那樣使出渾身解數，為讀者帶來一次又一次令人既感驚異、又覺莞爾的演出。我們不妨說，這群經常出現在農莊內外的「動物家族」，有幸因為波特的靈活畫筆而登上了繪本舞台。也因為牠們生動的舉手投足，以及擬人化後所披露出的人性百態，使得牠們的主人——波特

（由上而下，由左至右）圖一至圖六　「塊狀畫面」和「豐富的細節」讓波特的每一幅圖都散發出如寶石般的光芒。（青林國際出版股份有限公司提供，《鼠太太小不點的故事》第三十四頁、《刺蝟溫迪琪的故事》書名頁、《松鼠胡來的故事》第三十四頁、《城裡老鼠強尼的故事》第四十五頁）

女士，成為童書界中描寫動物故事的翹楚。

她那入了神的筆觸、對動物生態的細膩描寫，以及對人性及動物的細微觀察，都使人感受到畫面的背後，隱藏著一雙不凡的「眼睛」。當她的處理方式是在小巧的畫面上給予大量的留白，然後鎖定中心點，用塊狀畫面精巧的描繪出豐富的細部時，她的每一幅圖、每一本繪本，便都散放出如瞳眸、如寶石般的光芒。這樣的光芒，不僅吸引著讀者的目光，也讓人想要一而再，再而三的細細玩味。而這也正是這些袖珍型繪本耐看，以及經得起歷史考驗的原因之一。(圖一至圖六)

巧妙的結合真實與虛構

說到波特作品的特色，最為後世津津樂道的，應該就是她巧妙的結合了真實與虛構，讓擬人化的動物一方面透露著人性，一方面又兼具動物的真實。

眾所周知，擬人化是兒童文學中經常出現的手法，最具體的表徵，就是讓動物直立、穿衣、說話。通常，擬人化的作品會活用這三種要素，以便輕易的帶領小讀者進入虛構的世界，從而使他們在其中盡情的想像，或是讓他們藉由擬人化的角色，映照出現實世界中的點滴。

波特的擬人化故事，在圖像上卻做了與眾不同的呈現。這樣的呈現，在她的作品中俯拾即是。她一方面讓動物像人一樣的行動、思考，一方面又以博物學的精神，細膩的描繪出真實動物的樣態。換句話說，所有的擬人化，都不是建立在單純的「讓動物穿上衣裝」，而是更複雜的角色身分，以及更靈活的、時而是人時而是動物的角色變化。

例如，和媽媽、姊姊同在樅樹下出場的彼得兔，一開始並沒有穿上衣服。不過，才一翻頁，我們就看到準備外出的媽媽和孩子們不僅盛裝打扮，也都人模人樣的兩腳站立。接著，媽媽開始叮嚀孩子，要牠們好好的在野地裡玩，但唯一的禁地是隔壁麥先生家的菜田（因為，牠們的父親，就是在那兒慘遭厄運，被麥太太拿去做成兔肉派的）。然而，穿著淺藍外衣的彼得，就像所有貪玩好奇的小孩那樣，終究按捺不住，還是鑽進了麥先生的菜田。牠在菜田裡大快朵頤，一手一條紅蘿蔔的模樣，不禁讓人讚嘆：

圖七　《小兔彼得的故事》（The Tale of Peter Rabbit，青林國際出版股份有限公司提供，第十六頁）

這隻小兔演活了牠所被擬人化的角色，且牠的那些舉動，活脫就是一名真實的孩子（圖七）。

沒多久，吃得飽脹的彼得被麥先生發現了。在倉皇逃命中，彼得的鞋掉了，衣服也脫了。在脫掉衣服的剎那，牠又自自然然的恢復了動物身，並藉由矯健的四肢，一關接一關的逃過了險境（圖八）。這時，我們看到小男孩彼得瞬間化身為一隻真實的野兔，在接連的幾個畫面中，牠以各種正確的姿勢，靈活的展現出一隻野兔應有的樣態。這幾乎使人忘了，牠曾經是穿著新衣、兩隻腳走路、聽得懂語言的一隻小兔。不過，即便恢復了動物身，彼得在尋找歸途時的憂心無助，以及牠回到家後的種種，又讓我們感受到了人在遇難過程中會有的一些心情轉折。

圖八　《小兔彼得的故事》（The Tale of Peter Rabbit，青林國際出版股份有限公司提供，第三十一頁）

有別於一般只是讓動物穿上衣裝，藉以表示人性附身的擬人化做法，波特女士用她出神入化的妙筆，讓人與動物這兩種特性，得以同時存在於她的角色，又不顯得突兀。想想，這是何等神奇的表現方式！她讓兩種原不相容的矛盾，可以自由無礙的在故事裡穿梭。這不僅打破了實存世界的侷限，也因為角色在真實與想像間的綿密交錯，而帶出更多的內涵和深度。這種真實與想像共存的描述，又完全符合了小讀者終日在現實與想像之間徘徊的特質。也因此，不論是彼得兔，或是松鼠胡來、母鴨潔瑪、湯姆貓、刺蝟溫迪琪、兩隻壞老鼠、老鼠強尼……等的這些角色，只要一粉墨登場，便都能馬上博得小孩的青睞，讓孩子們在倍感親切、沒有隔閡的情況下，跟著劇情，暢遊於真實與想像這兩個世界當中。

率直的揭示出生命中的嚴峻

精巧的版型、生動的動物圖像，固然都是波特作品討喜之處，不過，如果沒有對生活的洞察，以及她那英國式的幽默反諷，這些可愛的小書恐怕不足以帶來廣大的共鳴並名垂歷史。

波特總是率直的揭示出生活的嚴峻，以及她對人性的嘲諷。《金傑和皮克的故事》（青林國際，The Tale of Ginger and Pickles，1909）說的是黃毛貓金傑和獵狗皮克合開了一家雜貨店，生意雖然興隆，卻因為毫無限制的讓顧客賒帳，終至血本無歸、關門大吉。雜貨店關門以後，附近由貓兒泰比莎開的雜貨店不僅不提供賒帳，還全面漲價。而村民在歷經了飽受哄抬以及種種不便之苦後，終於，母雞莎麗頂下了原來的雜貨店，牠雖然堅持收受現金，卻也盡可能的以便宜商品嘉惠大家。於是，好不容易日子復歸平靜，這則有關村民和雜貨店的故事，也才圓滿落幕。

仔細看圖，會發現這本書的出場人物繁多，除了與情節相關的主角和其他配角外，還有「扮演」顧客的三隻小貓、洋娃娃小露和小珍、彼得兔、青蛙吉先生、刺蝟溫迪琪、母鴨潔瑪、老鼠一家……等等，牠們都是出現在之前作品中的角色，所以，稱得上是波特此前作品的「角色大集合」（圖九）。讀者不僅可以從波特所塑造的這些角色看到豐富的人物性格，也可以從中窺得牠們彼此之間的各種有趣互動和衝突。就好似人類社會中常見的生活縮影一般，讓人看了，覺得心有戚戚焉。

圖九　《金傑和皮克的故事》（The Tale of Ginger and Pickles，青林國際出版股份有限公司提供，第十八頁）

例如，相較於金傑的務實，皮克顯

得憨厚，是好好先生。而相較於金傑、皮克的不善經營，泰比莎則又顯得投機、過度現實。還有，當老鼠客人來時，金傑為了克制自己的原始欲望，會叫皮克去招呼牠們的衣食父母。而當雜貨店歇業以後，金傑改到森林捕兔，皮克則成了打獵場的守衛，兩者在職務上的對立與衝突，可謂諷刺到家！不可諱言的是，那些絡繹往來的客人，都有愛貪小便宜的人性，也因此，牠們大小東西都來金傑和皮克的店中購買，卻因為有老闆的通融，誰都不肯主動付現。

由上述的各個情節描述，其實不難發現，波特藉由動物村一家雜貨店的興衰，不僅將人們生活中的各種細節做了極其生動的轉換，也對筆下人物做了一針見血的嘲諷。當皮克因為繳不起獵狗執照稅而決定結束營業時，波特寫道：「牠們放下百葉窗，然後就離開了。不過牠們沒有走遠，還在附近的地區。其實，有些人還希望他們走得更遠一點兒呢。」如此毫不留情的調侃語調，顯現的是人世間的苛刻無情。儘管讀者是小孩，波特似乎也無意要讓他們停留在溫馨美好的假象當中，所以，她才會用一點幽默，再加一些率直，來告訴大家：「這，就是現實。」

關於生存不易、世事難料的例子，在波特的系列作品中，可以說是不勝枚舉。

母鴨潔瑪（《母鴨潔瑪的故事》，青林國際，The Tale of Jemima Puddle-Duck,1908）為了想要自己孵蛋，離家來到了樹林中央。牠遇見了打扮得像紳士的狐狸，因為不疑有他，潔瑪便跟著狐狸來到牠的小木屋，從而接受狐狸的邀請，準備在貯藏室裡造窩孵蛋。當潔瑪生下九個蛋、準備隔天開始好好孵育時，不懷好意的狐狸，卻慫恿潔瑪回家準備填烤鴨要用的各種配料。潔瑪要不是因為在廚房門口遇見牧羊犬，恐怕就只能在狐狸的計謀下，成為牠當晚的盤中佳餚了。還好，牧羊犬從潔瑪的口中探出了究竟，故當潔瑪被狐狸鎖在貯藏室時，牧羊犬不久就帶著小獵狗前來搭救。可是，一如文字所述：「很不幸的，門一開，小獵狗立刻衝了進去，牧羊犬還沒來得及阻止，所有的蛋已經被他們（小獵狗）狼吞虎嚥的吞掉了。牧羊犬的耳朵被狐狸咬了一口，至於兩隻小獵狗嘛，很可憐都變成了跛子。」

看著傷心的潔瑪被同伴護送回家的背影，我們只能說，這樣不落俗套的結尾，在兒童文學中，真是少見。雖然最後波特補上了一段話，說潔瑪終於在那年六月成功的孵出四隻小鴨，但那樣的輕描淡寫，並不足以將讀者從錯愕的情緒中解救出來（圖十至圖十二）。

按照一般常理，兒童文學總是習於在故事的尾聲化險為夷。我們比較習慣看到的，往往都是皆大歡喜的收場。例如最後小狗救出潔瑪，潔瑪的九顆蛋也都安然的化身為九隻可愛的小鴨……。然而，波特這位頗具反骨精神的繪本作家，卻不願意從俗，甚至，還毫不忌諱的將她對人世的洞察予以披露。她透過結尾那令人錯愕的一擊，讓我們警醒到，原來，世事竟是如此的不盡如意。母鴨失去九顆蛋的傷心不言可喻，而救命英雄最後一一掛彩，也著實令人唏噓。不過，這樣的結果似乎更接近真實的人生。這毫無因果可循、總是帶著缺陷的曖昧結局更值得大家玩味。而波特這表面看似可愛、單純明快，實則穿透現實、深究人生的手法，可以說是其繪本作品之所以讓人低吟再三

（由左至右）圖十至圖十二　《母鴨潔瑪的故事》（The Tale of Jemima Puddle-Duck，青林國際出版股份有限公司提供，第五十三、五十五、五十六頁）

的主因。

為波特的創作尋根

波特的繪本，不論是在圖像上或是在故事的描述上，都充分顯示出她有一雙超出一般人的眼睛。在動物、昆蟲、植物、風景……的描繪上，她用科學家的觀察之眼，準確的掌握了它們的所有細部和整體特徵。至於在故事的描述上，波特則是以不加個人情感的冷靜態度，用略帶幽默的口吻，為我們點出她從那雙犀利的雙眼所看到的各種細膩現實。例如《餡餅和餅模的故事》（青林國際，The Tale of the Pie and the Patty-Pan，1905）這本被莫里斯．桑達克讚賞有加的作品，就是很好的例子。她除了確實掌握了貓咪瑞伯和小狗黛倩這兩個角色的神采外，也藉由這場生動、趣味十足的下午茶，狠狠的揶揄了維多利亞時期英國中上階層的社交生活，將他們因為注重禮貌、愛面子而衍生出來的虛偽應對，表現得淋漓盡致。

到底是什麼樣的原因，使得波特這位出生於英國維多利亞時代後期的女性，可以擁有一雙過人的慧眼和纖細的感受力呢？波特在她從十五歲至三十一歲期間所寫的祕密日記中曾經用密碼寫道：「人們何以光看就能滿足？對於美的事物，我無法坐視不動。[1]」這句話固然可以看成是她對於自己喜愛描摹美好事物的宣示，但追根究柢，這樣的特質，或許都還跟她的成長背景息息相關呢！

在英國維多利亞時代後期，出生於中上階層家庭的女性，依然受到來自家庭與社會的層層束縛。在生活相對單純與封閉的情況下，生命的可能，其實存在著許多的「必然」。換句話說，除了父母的安排，波特幾乎沒有自主行動的可能。也因此，在百無聊賴的生活中，敏感的波特除了默默觀察周遭的事物，便只能藉由不停的描繪動植物來排遣時光了。這不僅為她孤單的生命找到了出口，也因為她的不斷觀察、不斷描摹，而成就了自己的藝術家特質。所以說，當我們看完波特的作品，掌握到了她的作品特色之餘，實有必要對她的生平，做更進一步的了解。

不知是幸抑或是不幸？波特生於一八六六年的倫敦高級住宅區。由於她的祖父在工業革命時期從事染布的生意，為他們的家族立下了龐大的家業。她的父親是一名律師，卻因為家境富裕，所以終身不曾執業，平日流連於社交、拍照、圖畫鑑賞等風雅之事。至於波特的母親，據波特自己所言：「她一生只關心鸚鵡、刺繡和小狗。」也因此，波特和小她五歲的弟弟，因為出身於中產階級富有家庭的宿命，自幼便和父母疏離。他們的生活起居和學習，有奶媽和家庭教師全權料理，除此之外，就沒有其他的同伴和社交可言。也因此，倫敦的生活，對姊弟而言，可以說是既苦悶又封閉。

所幸，每年夏天，這個屬於有閒階級的家族都會固定到蘇格蘭的避暑勝地度假三到四個月。對波特姊弟而言，這是他們童年最快樂的時光。他們可以自由野放，盡情的觀察自然。他們可以飼養小動物、製作標本，最後，再把這些戰利品帶回倫敦。

不過，當六歲的弟弟被送進寄宿學校以後，波特在倫敦的生活就顯得更枯燥無味了。時間多、害羞、孤獨……，儼然就是波特在倫敦的生活寫照。為了打發時間，內向的波特便把飼養小寵物、觀察日常瑣碎事物、素描動物植物，當成她的日課。在畫畫之餘，她也熟讀莎士比亞和舊約聖經，藉以鍛鍊自己的文字能力。誰也沒有料到，這一點一滴所累積下來的東西，正在為波特日後的創作奠定最扎實的基礎。那細膩的觀察、純熟的筆觸，使她不論是寫是畫，在紙上皆能遊刃有餘。

二十九歲那一年，波特在日記上寫道：「我得想辦法賺錢。要是能有一些錢讓我買買書、邁向自己的獨立，將是何等的安慰啊！」所幸波特對自然有好奇的本能，使她能在枯索無味的生長環境中，以靜默的觀察和自學，找到一線生機。然而，那畢竟只是生活上無可奈何的排遣。為了擺脫父母親從小為她設下的「牢籠」，波特在三十歲前後，開始積極尋求經濟獨立的可能。她先是幫人畫卡片，之後才在歷經千辛萬苦後，達成了出版繪本的美夢。有了出版童書的激勵，波特的封閉世界也才漸漸開啓。對她而言，能為孩子創作繪本，正是其童年成長背景所埋下的「因」，至於之後的「果」（出版），則又進一步的為她找到了一條邁向獨立的道路。

一九〇五年，波特用姑媽給她的遺產和自己的版稅，買下她所心儀的湖區（Lake District）的丘頂農場（Hill Top Farm）。同年，波特和她的編輯諾曼・沃恩（Norman Warne）在父母的强烈反對下訂婚，但沒多久，未婚夫便因血癌過世。遭逢人生重大打擊的波特，從此搬到湖區居住，並因而擺脫了雙親的强力控制。她在丘頂繼續維持每年二到三本的速度出書，直到一九一三年和威廉・希里斯（William Heelis）律師結婚之後，才逐漸淡出繪本創作的場域。一九一八年因眼力變差，在完成了《城裡老鼠强尼的故事》（青林國際，The Tale of Johnny Town-Mouse）之後，就從此告別童書江湖。

這以後，波特轉移興趣，成為一名頻頻得獎的飼養賀氏綿羊專家。經營農場和保護自然，成為波特生涯最後三十年的重心。因為有感於開發對環境的破壞，她陸續買下湖區的農家和土地，並於死後將總計四千三百英畝的土地交付「國家信託基金」（National Trust），使它成為一塊永久杜絕開發的美麗之地。

由於湖區的許多場景，都是波特作品中的舞台原景，所以每年總有絡繹不絕的粉絲前往遊歷。可是，景物依在，那些穿著衣衫的小動物卻已難尋。這就好像是波特至今無人可及的藝術成就一般，她開闢了一塊淨土給大家，但由於人們的生活和自然漸行漸遠，再加上幾乎找不到第二個人可以像她那樣耗費功夫臨摹自然，所以，波特為繪本天空所撒下的那二十三顆寶石，雖明亮依舊，卻已成為絕響。

❶ 波特從十四歲到三十一歲期間，自創暗號書寫日記。一九六〇年代萊斯利．林達（Leslie Linder）花了五年時間終告解密成功，於一九六六年出版《The Journal of Beatrix Potter: From 1881 to 1897》。日記內容皆是日常瑣事，以及波特對時事、繪畫的一點看法。對波特迷來說，這又成了為作家「解密」的重要文獻。

第五章

童書界的「畢卡索」——莫里斯・桑達克

比鄰而居的兩樣文化

莫里斯・桑達克（Maurice Sendak）於一九二八年生於紐約的布魯克林區。他的父母是第一次世界大戰前從波蘭遠渡而來的移民。桑達克自幼便和父母、姊姊、哥哥住在布魯克林區的猶太村裡。猶太村裡的人們為了保存原鄉文化，生活裡盡是些舊世界的殘影和戒律。在他們的身體裡，總還流著濃濃的歐洲血液，對歐洲的文化始終未能忘情。然而，河對岸的紐約市，卻是個充滿夢幻氣息、創造力奔流的地區。它是許多新文化及流行文化的孕生之地。桑達克的童年，就是在這比鄰而居的兩樣文化中度過。這也造就了桑達克，使他成為一個具有特殊文化底蘊的美國繪本作家。

「祖父的照片」和「米老鼠」

桑達克自己曾說，「祖父的照片」和「米老鼠」是象徵他童年的兩個重要圖騰。[1] 他和已逝的祖父素未謀面，但祖父的形象，卻代表了那些來自先祖的、移植到他身上的各種事物象徵。與桑達克同年誕生的「米老鼠」，則代表了那些活躍於三〇年代的各種美國流行文化，包括迪士尼、電影、漫畫、卓別林……等等。

身為二十世紀的重要童書作家，「祖父的照片」和「米老鼠」確實都為桑達克的創作帶來深遠的影響。例如桑達克的父親據說就是個「祖傳的」說故事高手。他的故事包羅萬象，有猶太人的口傳神話、傳說、……，也有自己即興編造的各種好笑的、或是集可怕、神祕於一身的故事。莫里斯對於父親這座「寶庫」相當折服，童年的這些滋養，無疑的，也使他對於說故事有著不同於一般人的見地。另外，童年所接觸到的那些通俗文化，更是為桑達克帶來最直接的影響。它們總是能勾起小桑達克的無盡想像，使他沉浸在這些明亮、美好的氛圍中。就好像幾次和家人的紐約行那樣，好吃的吃食、好看的電影和目不暇給的街景，總是讓他興奮連連、樂而忘返。而這些童年的美好經歷，很自然的也就成為桑達克想像世界的泉源之一了。

在美好的記憶之外，從小體弱多病的桑達克，擁有一段堪稱「悲慘」的童年。因為抵抗力弱，在稍有風寒之日，小桑達克便會被父親「禁足」，不能像姊姊、哥哥那樣到外面玩耍。他常常只能透過窗戶，用羨慕的眼神看著外面的小孩嬉戲。後來，這些窗外的景象都成為他生命中一段無聲的記憶。記憶中，他是個易感、細膩、籠罩在死亡陰影下的羸弱小孩。那扇與外面世界隔絕的窗戶，意外的成就了他，讓他有了得天獨厚的觀察力和想像力。而這些都是一個童書創作者不可或缺的重要能力。

創作歷程摘要

桑達克的求學歷程並不順利，他對學校教育扼殺人的創造力，一直多所批判。十八歲完成高中義務教育以後，他便到一家櫥窗展示公司工作。二十歲時，他花了兩年時間，利用晚上到紐約的「藝術學生聯盟」（Art Student League of New York）修習寫生、油畫等課程。之後，他和兄長一起設計玩具，並在種種因緣際會下，開始接觸到十九世紀末藍道夫．凱迪克、沃爾特．克萊恩等人的繪本，並認識了他生命中的貴人——童書編輯俄蘇拉．諾德斯壯（Ursula Nordstrom）。

俄蘇拉．諾德斯壯不僅是最早提供繪本舞台讓桑達克發揮的人，也是一個長期支持他，讓他不斷突破，並願意為他對抗各種爭議的人。一九五一年桑達克開始有機會為既有的文本畫插畫。一九五二年，他和在美國兒童文學界赫赫有名的露絲．克勞斯（Ruth Krauss）有了合作的機會。這本《洞是給人挖的》（A Hole Is to Dig）在經驗豐富的克勞斯女士帶領下，為桑達克打下了文圖合奏的基礎。很快的，兩人於一九五三年合作的《特別的房子》（A Very Special House）便在隔年獲得了凱迪克銀牌獎。而這樣的成果，讓桑達克在美國的童書界開始有了一席之地。

一九五六年，桑達克首度自寫自畫的《肯尼的窗戶》（Kenny's Window）問世。可能是因為文字冗長，圖像又形於單薄，故此書在他的創作中評價並不是很高。不過，從肯尼這個孤獨、充滿幻想的孩子身上，我們也已嗅到桑達克想要表現兒童較不為人知的一面的企圖。

一九五七年，他和艾爾斯・敏納立克（Else Holmelund Minarik）合作的【小熊系列】（上誼文化）（圖一），乃是美國橋樑書的先河。桑達克不因它是學習書就降低繪畫的水平，也不與當時美國市場所流行的品味合流。他用十九世紀維多利亞時期的畫風，以細密的網線表現出典雅、溫暖、立

圖一 【我會讀——小熊系列】
《熊爸爸回家》、《小熊探親》、《小熊》、《給小熊的吻》
（上誼文化，1957～1968）

體感十足的畫面。此一系列的作品，至今仍受到讀者的喜愛和肯定。桑達克這位小熊造型師兼戲劇指導，其讓視覺表現和腳本合成一氣的功力，在系列中展現無遺。

一九五九年他和珍妮絲・梅・奧黛莉（Janice May Udry）合作的《跳月的精靈》（遠流，The Moon Jumper）於一九六〇年再獲凱迪克銀牌獎。此書以黑白、全彩跨頁交替的方式呈現，經由翻頁，產生了很不一樣的視覺效果和氣氛。一九六一年，兩人再次攜手，完成了一本平易近人的小書《我最討厭你了》（遠流，Let's Be Enemies），書中把小孩吵架時的心情描寫得生動有趣，很得大、小讀者的共鳴。一九六二年出版的《兔子先生，幫幫忙好嗎？》（遠流，Mr. Rabbit and the Lovely Present），桑達克以印象派的畫風，將夏洛特・佐羅托（Charlotte Zolotow）的單純文字襯托得滿是詩意。此外，他也在原本調性差異極大的圖文表現中，找到了互補、平衡的良好關係。同樣的，此書又得到了次年的凱迪克銀牌獎。

在數度和首獎擦身而過後，一九六三年桑達克終於以《野獸國》（漢聲，Where the Wild Things Are）（圖二）一書，於一九六四年勇奪凱迪克金牌獎。此書是桑達克在繪本創作上最重要的里程碑。他自稱，從一九五〇年代以來的創作路，都可視為是《野獸國》的磨練階段。到了創作完此書，才算修行結業，讓他可以經由《野獸國》這一大步，走向新的創作。

此書文字內容精簡，圖像帶領讀者進入想像世界時的步履亦極輕巧，整本書看似沒有什麼縫隙，卻又很能引領讀者在其間自由的想像。其無懈可擊的圖文關係，自此成為典範。不過，在一九六〇年代，這本書之所以轟動武林、驚動萬教，乃在於它對兒童內在心理的探究。此書的出現，在當時保守的成人之間掀起了一場「兒童文學革命」。桑達克毫不避諱的挑戰大人，讓大家重新思考兒童文學的內涵，也提醒大人認真檢視自己看待兒童的角度。

在一九六四年的凱迪克獎頒獎典禮上，他說道：「兒童為了對抗嚴苛的現實，有必要藉由想像力，去展開嬉戲。而所謂的現實，指的是他們總是受到各種情感的威脅，例如恐懼、憤怒、憎恨、欲望、不滿……等。這些情感普遍存在於兒童的日

圖二 《野獸國》
（漢聲，Where the Wild Things Are，1963）

常生活中，他們只能面對這股龐大的危險力量，此外便別無他法。但為了戰勝這股力量，孩子們進入了想像。在想像的世界裡，他們所苦惱的那些情感會慢慢得到紓解，並使他們得到滿足。[2]」

桑達克雖然同意大人有必要保護小孩，使他們遠離那些超出他們承受範圍，或會增加他們不安的痛苦經驗，但同時他也極力強調，恐懼、憤怒、不安……，是小孩生活的本質。只是小孩會透過想像這個「武器」，全力與之對抗並克服。兒童時代絕對沒有成人所想的那般美好、幸福，大人不應只是粉飾太平。針對《野獸國》可能會驚嚇到小孩、對兒童的心理發展帶來不良影響的質疑，他說：「那些不暴露糾葛、痛苦，只是一味粉飾世界的書，是那些不能或不願意想起自己兒時真正經驗的人，所做出來的東西。這種刻意刪除真相的人生觀，與小孩的真實人生毫不相干。……而這種只會逃避現實的書會受歡迎，證明許多人都不願意正視小孩生活的嚴苛面，並以不要驚嚇到小孩做為藉口，為自己的粉飾太平取得了正當性。[3]」

一九六五年，桑達克為了向繪本宗師凱迪克致敬，也仿效他的做法，找來兩首童謠，創造了《赫克托．普特克以及當我越過汪洋》（Hector Protector and As I

Went Over the Water）這本雖小巧卻趣味滿滿的繪本。即便是無厘頭的童謠，桑達克也巧妙的藉由圖像擴張了內容，而他所要表達的，無非是小孩反抗成人世界時的無奈，和在無奈中經由想像所帶來的解脫。

一九六七年，桑達克面臨自己心臟病發、母親罹癌、愛犬珍妮去世的慘境。為了懷念自己最要好的朋友——珍妮，他完成了《咕嚕咕嚕碰！生命不僅只是這樣》（Higglety Pigglety Pop! Or There Must Be More to Life）一書（圖三）。全書共六十九頁，寫的是衣食無缺的珍妮因為空虛而離家出走，在歷經一些奇幻的際遇之後，她成了鵝媽媽劇團的女演員。桑達克本人非常喜歡這本書，因為故事雖然很超現實，裡面卻充滿了他和珍妮的生活點滴。如果你是桑達克的死忠讀者，那你一定不會對珍妮這隻小狗感到陌生，因為除了這本特別為她創作的書外，珍妮還出現在《親愛的，你該說什麼呢？》（What

圖三《咕嚕咕嚕碰！生命不僅只是這樣》（Higglety Pigglety Pop! Or There Must Be More to Life, 1967）

Do You Say, Dear?,1958）、《親愛的，你要做什麼呢？》（What Do You Do, Dear?,1961）、《一是强尼》（One Was Johnny, 1962）、《雞湯加米粒》（Chicken Soup with Rice, 1962）（圖四）、《野獸國》……等書裡面。

圖四　《雞湯加米粒》
（Chicken Soup with Rice,1962）

一九七〇年，桑達克以《廚房之夜狂想曲》（格林文化，In the Night Kitchen）（圖五）再獲次年的凱迪克銀牌獎。他以類似漫畫的形式，描述男孩米奇在半夜掉進廚房的麵糰裡。之後，所有的情節就像夢境一般，浮游於廚房上空的米奇，幫助廚師做好了蛋糕……。

據桑達克自己說，這是他對童年所看到的一則廣告的「復仇之作」。一九三九年，陽光麵包店（Sunshine Baker）推出了一則廣告詞：「當你睡時，我們正在烤麵包！（We Bake While You Sleep!）」小桑達克曾經為此傷心了好一陣子，因為他好想半夜不睡覺，好溜到麵包店的廚房一探究竟。他只要想到折價券上的三名胖廚師，趁著他熟睡時在廚房做著神奇的事，就覺得這對他是既殘酷又過份的對待。不過，桑達克長大成人了，他想要透過創作，解除這曾經困擾他的童年魔咒。他說：「我要讓他們知道，我已經到了可以半夜不睡覺的年紀，我也已經曉得半夜的廚房，到底發生了什麼事。[4]」雖然這本書在當時曾引起一些大人的議論，甚至有人反對讓赤身裸體的小孩出現在童書的畫面裡，但桑達克卻表示，這是他個人相當滿意的一部作品。他藉由大量呈現兒時接觸到的各種通俗文化，構成了這部向紐約致敬的繪本。他在裡面找到了兒時的快樂記憶，也相信自己可以透過小孩的身體，傳達出那屬於童年的美好感覺。

圖五　《廚房之夜狂想曲》
（格林文化，In the Night Kitchen，1970）

一九七〇年可以說是桑達克在創作上的一個分水嶺。這一年，他獲得了國際安徒生獎（Hans Christian Andersen Awards）的肯定。另外，他也開始投入動畫、舞台劇的工作，使得這位原本多產的繪本作家，在繪本的創作量上遽減。一九七三年他為格林童話畫插畫，一九八一年則完成了嘔心瀝血之作《在那遙遠的地方》（格林文化，Outside over There）（圖六），並五度得到凱迪克銀牌獎的榮耀。

《在那遙遠的地方》可說是桑達克所有作品中最難懂的一部。桑達克在他所寫的《凱迪克與其他人——書籍與圖畫的評論》（Caldecott & Co.——Notes on Books and Pictures,1988）一書中說：「這是一本關於莫札特和恐怖的書。」由於一邊創作此書，一邊從事《魔笛》歌劇舞台裝置與服裝設計，「莫札特」給了桑達克非常多的創作靈感。所以，他最後將此書獻給了莫札特。他不僅將故事的時間設定在莫札特死前的十年（一七八一年），甚至他還讓莫札特的創作身影，出現在故事接近尾聲的畫面中（圖七）。

圖六 《在那遙遠的地方》
（格林文化，Outside over There，1981）

對桑達克而言，這本書是他為莫札特所畫的一幅肖像畫。他希望整本書可以藉由神聖的、世俗的、滑稽的……等各種不同的元素，揉合出莫札特那在莊重中不失詼諧、優美的特性。由於桑達克使用了非常多個人的詮釋，所以關於莫札特在書中的重要性，對作者和讀者而言，恐怕都是只能會意，不能言傳的了。

至於「恐怖」，指的是桑達克將自己童年的一些恐怖經驗融入故事。例如他四歲時，從大人的口中聽聞富家小孩遭到綁架並被撕票的新聞，即便當時懵懵懂懂，但這社會事件卻儼然成了桑達克童年的一大夢魘。另外，擔心與父母分離、對死亡的害怕、暴風雨來襲的怵目驚心，以及對姐姐的敬畏……等等這些兒童時代存留心底的恐怖印象，都一一再現，成了新故事中的一些主要、次要內容。桑達克以長達五年的時間創作此書。他並不諱言，在創作期間自己並不太了解真

圖七　《在那遙遠的地方》內頁

正想要表達的是什麼。然而，一等創作結束，他便發現，他是藉由重構童年的恐懼，以及藉由書中主角對抗恐懼的歷程，才解除了那潛藏於自己內在的、關於「恐懼」的裝置。所以說，這是一本桑達克本人尋求解脫的作品，當然也是探討童年祕密的一部神秘創作。

一九九三年，桑達克又出版了《我們與傑克和蓋伊都在垃圾堆長大》（We Are All in the Dumps with Jack And Guy）（圖八），這是桑達克再次向凱迪克致敬的作品。兩首看似無意義的童謠，卻給了桑達克極大的發揮空間。其圖像所指涉的，是一群在洛杉磯黑暗角落求活的流浪兒。在圖像所描繪的故事中，飽受惡徒（大老鼠）欺凌的最弱小小孩，因為月亮的守

圖八　《我們與傑克和蓋伊都在垃圾堆長大》
（We Are All in the Dumps with Jack And Guy, 1993）

護，終於被傑克和蓋伊這兩名孩童救回貧民窟。

這本書可以說是桑達克的又一蛻變，也可以說是他對二十世紀的批判總結。我們可以很清楚的看到，他大體已經從兒童的內在深邃走了出來。而這一次，他所要誠實揭露的，是現代兒童的社會處境。那就是，大人們表面上主張本世紀（二十世紀）的兒童已經得到前所未有的照顧，但在浮華榮景的背後，其實還是有很多世紀末的小孩遭到大人的遺棄。對小孩、成人而言，這是何等不堪的情事啊！儘管悲天憫人，桑達克還是刻意不讓大人出現在他的書中，他本著一貫作風，讓孩子藉由想像的力量，為苦難的同伴，找回了救贖。

可見，桑達克所要強調、總結的是：這是一個成人背叛兒童的時代。儘管如此，處於無力狀態的小孩，終會因為其他孩子的力量，得到解救和幸福。桑達克似乎認為，當我們對成人感到無望時，小孩的堅韌與勇氣，才是一切寄望的所在！

自一九九三年之後，桑達克不曾再推出自寫自畫的作品。不過，這位不斷向世人質問「繪本是什麼？」與「兒童是什麼？」的繪本作家，已完成了逾八十本的創作。

撇開為人作嫁的作品不說，那些自寫自畫的繪本，都堪稱是桑達克「同一主題的不斷變奏」。他一方面耗用一生的經驗在挖掘兒童的內在本質，另一方面則藉著各種表現形式深化他的創作主題，並挑戰繪本的可能。雖然桑達克認為自己沒有什麼原創性，只是善於重複使用同一個想法，並給予多樣的變化；但他鍥而不捨的探究和勇於嘗試的精神，仍足以讓所有的繪本追尋者由衷感到敬佩。也因此，時代雜誌曾經給了他「童書界的畢卡索」的封號，更有兒童文學評論家約翰・洛威・湯森（John Rowe Townsend）毫不避諱的稱他是「百餘年來最偉大的繪本作家[5]」。雖然晚年已經鮮少創作繪本，但如此殊名，對莫里斯・桑達克而言，依然是受之無愧。畢竟在長達四、五十年的創作生涯中，他在繪本歷史上所留下的鑿痕深度，早已是無人可及的了。

繪本創作三部曲

要了解莫里斯・桑達克這位在繪本歷史上多次帶來顛覆與革新的作家，實屬不易。但我們不妨藉由閱讀他的「三部曲」來搗入核心。

所謂的「三部曲」，是指《野獸國》、《廚房之夜狂想曲》、《在那遙遠的地方》

這三部跨越一九六〇、一九七〇、一九八〇年代的桑達克代表作。它們凝縮了桑達克二十餘年間的情感與思想，甚至也代表了桑達克這位創作者的生命精華。桑達克自稱，「繪本創作三部曲」是他將自己人生中的一切注入其中的創作，而且，也是他回到自己生命最原初的地方，對「內在小孩」所做的一系列探究。所以細讀這三本書，不僅可以看到其詭異多變的創作風格，也可以曲徑通幽，深入了解作家對「兒童」此一命題的終極探索。通過這三部「試金石」的磨練之後，相信大家在續看桑達克的其他作品時，就會覺得「遊刃有餘」了。

桑達克自己回顧，認為相較於《廚房之夜狂想曲》和《在那遙遠的地方》，《野獸國》是部相對單純的作品。《野獸國》的動線清楚，描述的是被媽媽處罰「關禁閉」和「不准吃晚飯」的阿奇，藉由想像讓自己的房間長樹，並慢慢的變成叢林。就這樣，阿奇掙脫了現實，乘著船來到了《野獸國》。在那裡，他藉著法力馴服了野獸。當和野獸們酣暢淋漓的嬉鬧完後，阿奇開始想家，於是他揮別野獸，再度乘著船，回到了自己的房間。這時，阿奇發現，他的晚餐擺在桌上，而且還是熱騰騰的呢！

構圖上，桑達克藉由加框以及框線大小的逐步變化，成功的帶領小讀者從現實的世界走進想像的世界（圖九至圖十四）。然後，在經過三個滿滿的跨頁後，再將小讀者從想像的世界帶回現實。而這樣的歷程，無疑是要解除阿奇心中對母親的憤怒。當阿奇玩到想睡、肚子餓時，他也慢慢的和世界取得了和解。在馴服了存在於心中的「野獸」（原文：Wild things）之後，他帶著船過水無痕的爽朗心情，返回了有熱湯迎接他的溫暖現實。

比起《野獸國》的佈局，《廚房之夜狂想曲》中的現實描述可以說是少之又少。桑達克一開場，便讓被噪音吵得無法入睡的小孩米奇，在一陣大叫後，跌進了黑暗。全身變得光溜溜的米奇，就這樣一路滑到地下室，掉進了明亮的午夜廚房。在午夜廚房裡，三位長得一模一樣的廚師，正準備要烤一個米奇蛋糕。米奇掉進麵糰，被廚師們又搓又揉，並送進烤箱。然而就在烤箱飄出香味時，米奇跳出烤箱，用發酵的麵糰做了一台飛機，逕自飛到午夜廚房的上空。米奇從布滿銀河的星空跳進牛奶瓶裡，舀了好多的牛奶給廚師們做蛋糕。就這樣，米奇蛋糕做好了，午夜廚房的英雄——米奇，也滿足的再度輕輕往下滑落，跌回自己的床，鑽進被窩……。

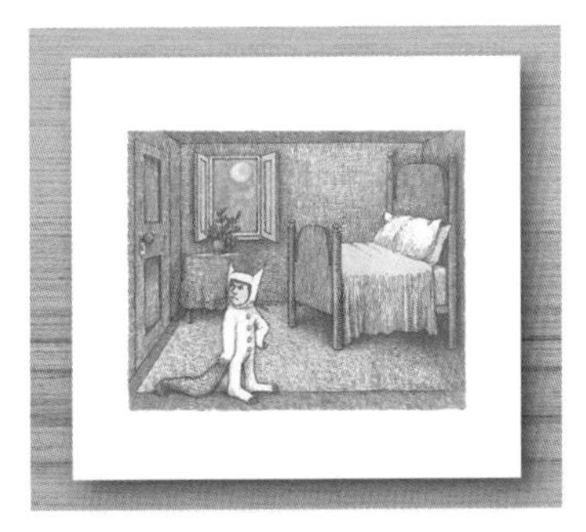

（由上而下，由左至右）圖九至圖十四　《野獸圖》（漢聲，Where the Wild Things Are，1963）

就整體內容來看，《廚房之夜狂想曲》的脈絡似乎較難掌握，而畫面中常常出現的漫畫分格表現，也正好將夢境中時有的那種跳躍感覺帶了出來。在這裡，桑達克的目的不再是說一則故事，而是透過類似劇場的演出，去描繪夢中語意不明的那種混沌之感。另外，桑達克也藉由浮游、揉麵糰等情節，喚醒了大家最原始的身體感覺。

雖然桑達克喜歡《廚房之夜狂想曲》勝過《野獸國》，但我們很難說這是一部超越前作的作品。只能說，比之《野獸國》，《廚房之夜狂想曲》的作風更為大膽，且難得的是，它以極其通俗的形式，成功的達成了作者的願望。它一方面傳達出屬於身體的想像經驗，一方面又將影響桑達克創作極深的一些流行文化符碼，大量的偷渡到作品裡。

當然，對於一般讀者，這樣的符碼或許不具意義；但作為一個創作者，桑達克並不想要讓所有的人明白他的一筆一畫。他要展現的是「獨特性」。在充滿個人隱喻的表現中，讓具有普遍感染的力量自然浮現。《廚房之夜狂想曲》或許跟一般成人是較有距離的，也因此，有評論家認為這是他的失敗之作。不過桑達克不以為意，他認為，他並不要求所有的人都喜歡他的作品，他覺得只要有小孩喜歡，有人看了開心，就足夠了。

到了《在那遙遠的地方》，桑達克的個人色彩更加鮮明、濃厚，幾乎到了晦澀難懂的地步。故事主軸說的是：愛達的爸爸出海去了。媽媽坐在涼亭，愛達吹著號角哄妹妹，卻因為背對著妹妹，而讓哥布林[6]潛進屋裡，將妹妹掉包。當愛達返身抱著妹妹時，冰做的假妹妹融化了，氣憤的愛達大叫：「他們偷走我的妹妹，要讓妹妹當哥布林的新娘！」於是，愛達帶著號角、穿上媽媽的風衣去救妹妹。當愛達來到哥布林所在的洞窟時，和妹妹長相一樣的一群哥布林嬰兒，正在婚禮中又踢又叫。愛達藉著吹號角，讓這群小哥布林瘋狂的舞蹈，最後他們一個個被捲入漩渦，愛達也終於在角落找回了坐在蛋殼裡的妹妹。當愛達抱著妹妹回到家時，坐在涼亭的媽媽將爸爸寫的信讀給愛達聽，愛達鬆了一口氣，覺得自己果然不負父親所託，將媽媽和妹妹照顧得好好的。

雖然，這本書的主線（文字）非常清楚，但如果我們進到圖像的世界，會發現它飽含了神祕性與多義性，整本書根本無法用三言兩語予以道盡。桑達克在這個階段放棄了主題式的探討，他想利用更多的細節，去呈現出一種關於「恐怖」的神祕體驗及兒時記憶。表面上看，是愛達透過想像，發散自己被迫照顧妹妹的不安與不快；實際上在愛達營救妹妹的過程中，畫面上還有幾個與主線同時進行的故事正在發生，而這些故事，也都透露出一些讓人毛骨悚然的情節。例如從書名頁開始就鬼祟出沒的哥布林、妹妹在被掉包的過程中所遇到的驚恐，以及明明是嬰兒卻站立跳舞的小哥布林（圖十五）……。對桑達克而言，《在那遙遠的地方》或許更接近於像《魔笛》這類多元化歌劇的表現，它裡面充滿了靈活的細節以及各種不同軸線的故事，但它們充其量都只不過是用來包覆「骨頭」的「肉體」罷了。而真正有趣的，其實是骨子裡所要傳達的東西。

從這個角度來看，《在那遙遠的地方》無

圖十五　《在那遙遠的地方》內頁

疑是成功的。在這本書裡，我們看到了完美的圖文分工，一方面是文字的定調，使得複雜的圖像語彙不至於因為零散而失去張力，另一方面則是圖像將文字所描述的故事情緒擴充到了最高點。就算讀者可能會在初看時感到一頭霧水，但當所有的片段融合在一起時，就不難了解桑達克何以說這是一本關於「恐怖」的書了。

有不少的大人認為此書偏離了一般人的理解，根本不適合給小孩看。然而，筆者並不這麼認為。其實小孩也有他們深不可測的一面，他們善於掌握整體的敏銳特質，說不定可以讓他們不像大人那樣，被繁複的細節與脈絡所困。也因此，即便是充滿了曖昧和濃重的氣氛，孩子們還是會被它的幻想性和神秘性給深深的吸引。

這三部看似風格迥異的作品，其實正是桑達克所說的「同一主題的不斷變奏」。它們的共通主題是「兒童時代」。不過桑達克更想強調的，是那「飽受威脅的童年」。他讓在現實世界中正面臨內在糾葛的阿奇、米奇、愛達，分別藉由獸皮衣、裸身、黃外套的加持，很快的進入了想像的世界。而一如所有的小孩那樣，他們透過自身的想像力，慢慢解決了心中的憤怒、魔咒糾纏、恐懼……等問題。即便情節不同，但經過這自由進出想像的歷程，每個孩子都得到了淨化與解脫。也因此，阿奇、米奇、愛達得以帶著新生的勇氣，重新回來面對屬於他們的現實。

我們不妨說，這不僅是桑達克在觀察兒童的想像後所得到的結論，同時也是他在創作過程中，個人的深刻體悟。對自己的童年擁有超凡記憶的桑達克，秉著這樣的天賦，一方面為世人點出兒童的真相，一方面也為自己解除了那些曾經糾纏他的童年惡夢。而這，也就是「三部曲」的核心精神。不論是小孩，或是桑達克，他們都因為「童年的想像」，而找到了繼續存活的力量！

或許乍看之下，「三部曲」的差異性已然大到無法讓人很快的就找出這共同的聯想，但它們真的就如桑達克在形容他所喜愛的莫札特音樂那樣，一系列的變奏，常常好聽到讓你渾然忘了它們其實都來自同一個主題。沒錯，在面對這不變的創作主題時，桑達克總是不斷的投出變化球，而且每一次都帶給人很不一樣的刺激和領受。這除了是他個人不喜歡拘泥於固定的形式外，也是他對於既有的「繪本尺度」，所做的無畏嘗試。

儘管這三本代表作在甫問世時，都曾經是毀譽參半，但桑達克大膽的挑戰成人神經，揭露成人不願意面對的真相，卻也贏得了許多人對他的尊敬。二〇〇三年，桑達克獲瑞典政府頒發的第一屆林格倫紀念獎（Astrid Lindgren Memorial Award）

的肯定。此獎為目前國際上第二大兒童文學獎項，並有「兒童文學的諾貝爾獎」之稱。桑達克能在第一年就奪下桂冠，便足以證明他的文學成就已經受到舉世的肯定，放眼世界，他已經稱得上是站在童書界至高點的作家了。

回到那最真實的起點

在了解了桑達克的生平、創作生涯及代表作之後，但願我們都能對這位不凡的繪本作家有更多的理解和敬意。不可否認，是桑達克的撼動，使得同時代的成人開始思索兒童的內在處境，並看到繪本此以一創作形式的無限可能。換句話說，是他提升了繪本的價值，以及拓展了繪本的地平線。他的成就，不僅在於影響了後來的繪本創作者，也在於他讓一般成人有了重返童年、找回「童年之我」的可能。另外，他也為兒童的閱讀開啓了新頁。他讓他們遊走在幻想的世界裡，在那裡，孩子們除了經歷到豐富的想像，也將書中主角和現實苦鬥、終至解脫的深刻歷程，內化為自身的一種經驗。也因此，當他們在現實中遇到新的糾葛時，他們就可以借助桑達克帶給他們的力量，重新找到他們的安身與安心之所了。

圖十六 《乞丐與王子》
（The Prince and the Pauper,1881）

桑達克在多次的訪談中都曾提到，他生平擁有的第一本書是姐姐送他的《乞丐與王子》（The Prince and the Pauper,1881）（圖十六）。小桑達克深深的為這本書著迷。首先，他將書直立在桌上端詳了良久，覺得這書美極了。接著，再聞聞它的味道，又覺得味道真好。然後，用手指觸摸那滑滑亮亮的封面以及金色的鑲邊，最後再咬它幾口。至於真正閱讀這本書，則是多年以後的事了。而這本有趣的書，至今仍被他珍藏著。他說：「前面的儀式，都不是姐姐送書的原意。但現在回想，我是在那時對做書開始懷抱熱情的。書不只是拿來唸，小孩拿到書，要撫摸、要聞味道。所以，我們一定要為他們做出美麗的書來。[7]」

原來，是這段童年的珍貴記憶，創造了傑出的童書作家桑達克！而這段話，除了讓我們再次見識到桑達克那穿透童年的能力，也讓我們敬服於他對兒童的珍惜和他對做書的執著與熱情。我們不妨就以桑達克做書的原點，做為介紹他的終點吧！

關於繪本的一切，每個人都有必要像桑達克那樣，回到童年，回到那最真實的起點。

---

❶ 出自一九七〇年安徒生獎頒獎典禮演說稿。參見《凱迪克與其他人—書籍與圖畫的評論》（Caldecott & Co.—Notes on Books and Pictures）日文版《センダックの絵本論》，岩波書店，一九九〇年出版，第一百七十九頁。

❷ 出自一九六四年凱迪克頒獎典禮演說稿。參見前揭書第一百六十頁。

❸ 同上。第一百六十二頁至第一百六十三頁。

❹ 參見《莫里斯・桑達克的藝術》(The Art of Maurice Sendak)，賽馬・萊恩斯 (Selma G. Lanes) 著，一九八〇年出版，第一百七十四頁。

❺ 參見《子どもの本の歴史　下》，岩波書店，一九八二年出版，第一百七十五頁。（中文版：《英語兒童文學史綱》（天衛文化，Written for Children: An Outline of English-Language Children's Literature，1965)

❻ 哥布林 (Goblin) 為西方神話、傳說中經常出現的類人邪惡生物。主要生活在黑暗的地下世界，藉由換取人類的漂亮嬰兒，來延續種族生命。《在那遙遠的地方》中文版直接譯為「魔鬼」，但因顧慮其較難指出書中角色的特殊性，故本文以「哥布林」稱呼。

❼ 參見《子どもの本の8人—夜明けの笛吹きたち》，晶文社，第八十四頁。（原文：《Pipers at the Gates of Dawn: The Wisdom of Children's Literature, by Jonathan Cott, 1983)

第六章 美國繪本的黃金期

從歐洲到美國

十九世紀末，繪本的形式在歐洲得到了確立。作家們紛紛藉由圖與文的搭配以及連續的畫面，為孩子們述說起有聲有色的故事。這以歐洲為中心的圖畫書世界，不僅在歐洲蔚為一股風潮，也漸漸影響到了隔岸的美國。

一開始，美國只是與血緣深濃的英國並行發展。不過，在第一次世界大戰結束之後，由於來自歐洲的大量移民中，有為數不少的作家、畫家都將他們活躍的陣地移到了美國，所以便直接、間接帶動了美國的繪本發展。另外，一九二〇年代美國經濟的大幅成長，也促使文化、娛樂的發展熱絡。電影和迪士尼等文化產業，多多少少對繪本的表現帶來新的啓發。平版印刷技術的普及，也解除了繪本之前在製作、呈現上的種種限制，遂使得美國的這群創作者有了更自由的空間去掌握文圖版面的配置，以及追求原畫再現的可能。於是，無拘的版型、文圖並重、自由多樣的作品，便在這條件充足的土壤中，如雨後春筍般誕生。

第一黃金期

一九二八年，在美國出生、長大的汪達・佳谷（Wanda Gág）以《一〇〇萬隻

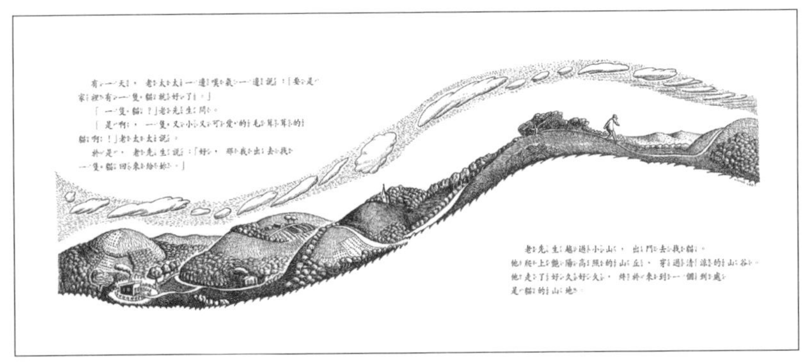

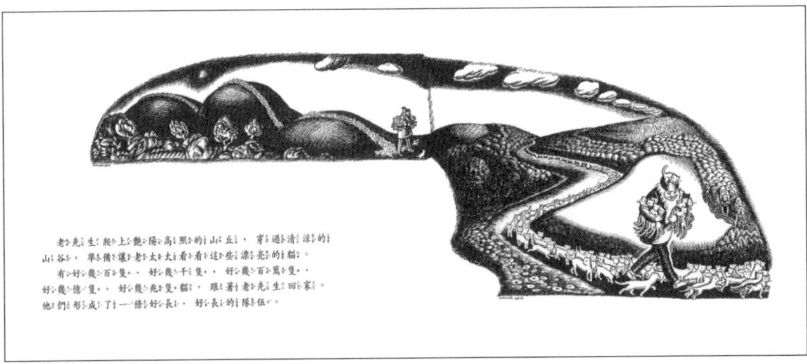

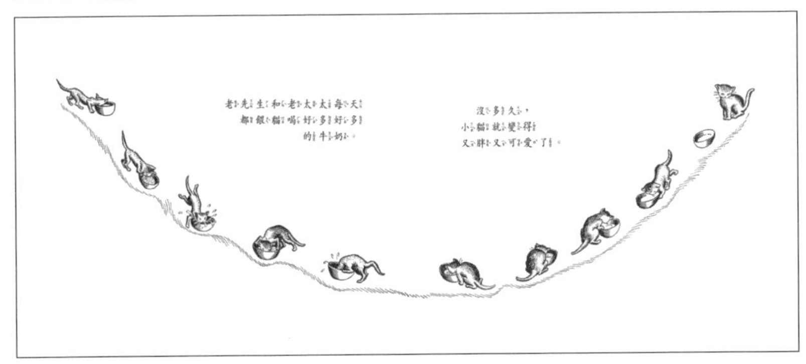

（由上而下）圖一至圖三 《一〇〇萬隻貓》（遠流，Millions of Cats，1928）

貓》（遠流，Millions of Cats）一書，成為開創美國本土繪本發展的先驅。此書除了繼承繪本圖文絕妙組合的傳統外，還藉由單色的線條、橫式跨頁的版型，以及作者獨創的空間、時間表現，帶出了令人驚嘆的視覺效果。其跨頁的演出，可謂大大改變了繪本的空間格局。它打破了之前左右頁分隔的侷限，讓空間的描述由左至右連成一氣，使人一眼看到的是個有如在廣角鏡下的「全景式空間」。而透過翻頁，這連綿的空間便也恰如其分的表現出老公公越過小山、穿過山谷，一路去為老太太尋貓的迢迢景緻（圖一）。

另外，作者以特殊的遠近法，讓事物的大小有別於現實的比例，並因而凸顯出所要強調的事物。也因此，老先生成了風景中最重要的景物，其巨大的身影，是眾所矚目的焦點。更有趣的是，作者還拆解了空間中的景觀，藉由重新組合，讓我們在一個非現實的空間中，因為老先生的重複出現，從中「看」到了時間的流動（圖二）。這種「空間的蒙太奇」對現在的讀者來說或許不足為奇，但在當時卻是繪本表現的首創。除此之外，在同一個畫面中，以連續的分解動作來呈現小貓的日益長大，也是汪達・佳谷將動畫技巧大膽運用到平面藝術的又一創新（圖三）。這些革命性的表現，不僅讓當時的書評界嘖嘖稱奇，也對一九三〇年代以後的美國繪

圖五 《問一問熊先生》
（Ask Mr. Bear,1932）

圖四 《安格斯和鴨子》
（Angus and the Ducks,1930）

本作家帶來深遠的影響。例如，於一九三〇年代崛起的瑪裘瑞・法雷克（Marjorie Flack），便因此書的啓發，將圖像所能帶動的連續性，更加淋漓盡致的發揮。她藉由翻頁的效果讓空間的延展及於全書，甚至還藉由連續性所帶來的動靜變化，帶出整本書在視覺閱讀上的節奏。《安格斯和鴨子》（Angus and the Ducks,1930）（圖四）和《問一問熊先生》（Ask Mr. Bear,1932）（圖五）等書雖無中文版問世，但長久以來，不論是在西方或是日本，都被視為繪本的入門之書。也因此，瑪裘瑞・法雷克和汪達・佳谷，同樣都被譽為奠定美國繪本基礎的重要之人。

一九三〇年代以後，美國一躍成為國際上繪本的發展重鎮。屬於美國本土的繪本黃金時期，因優質作家的出現、公立圖書館的充實……等內外條件具足，開始大放異彩。《愛花的牛》（遠流，The Story of Ferdinand，1936）在兩年之內就賣了二十萬本，並旋即受到迪士尼公司的青睞，除了有動畫電影出現，也有五十餘種的周邊商品問世，堪稱是當時出版界的「人氣王」。蘇斯博士（Dr. Seuss）於一九三七年開始，以漫畫風的圖像和讀來既荒誕又饒富趣味的韻文，陸陸續續出版了四十八本書。他那無厘頭的想像，在小孩之間掀起了一陣狂潮，即便不曾得過任何的兒童文學獎項，卻依然席捲了美國小孩的童年。另外，《瑪德琳》（遠流，Madeline）也在一九三九年躍上繪本的舞台。這名集小孩自由精神於一身的小女生，隨著同系列作品的陸續問世，一路成為美國小孩心目中的偶像。

隨著繪本曙光綻放，一九三八年美國圖書館協會成立了凱迪克獎。此獎以十九世紀末英國的重要繪本作家藍道夫・凱迪克為名，嚴選具藝術性與創新，且不偏離兒童的美國年度佳作。此獎一出，不僅為好書創造了能見度，也因為頗具公信力的評審結果，很快的就受到舉世的注目，並使得美國在世界的繪本舞台上有了一席之地。時至今日，凱迪克獎不僅是美國繪本創作者在專業領域上的一塊金字招牌，也是每年全球讀者屏息以待的重要獎項之一。如果將七十餘年來的年度金牌、銀牌作品一字排開，會發現它們已經在繪本的發展史上畫下了一道深長的足印。它們不僅在得獎的時代引領風騷，還有不少作品，都在漫長時間的考驗下成為世代相傳的雋永之作。凱迪克獎的設立，無疑是美國一九三〇年代繪本黃金期的一大盛事。

走向高峰的前哨

一九四〇、一九五〇年代，繪本文化已經深植美國。文圖調和的佳作不斷湧現，這接近幼兒理解的文學、藝術表現，可謂大大縮短了兒童與閱讀之間的距離。例如：《好奇猴喬治》（青林國際，Curious George，1941）、《讓路給小鴨子》（國語日報出版，**Make Way for Ducklings**，1941）、《小房子》（遠流，The Little House，1942）、《逃家小兔》（上誼文化，The Runaway Bunny，1942）、《在森林裡》（遠流，In the Forest，1944）、《小孩的禱告》（道聲，Prayer for a Child，1945）、《快樂的一天》（遠流，The Happy Day，1949）、《快樂的獅子》（上誼文化，The Happy Lion，1954）、《好髒的哈利》（遠流，Harry the Dirty Dog，1956）、《樹真好》（上誼文化，A Tree is Nice，1956）、《三隻山羊嘎啦嘎啦》（遠流，The Three Billy Goats Gruff，1957）……等等，都是至今依然膾炙人口的不朽之作。

在貼近兒童之餘，這些作品及它們的催生者，也為日後繪本的多樣表現埋下了伏筆。由於這些作者積極納入新的視覺表現及新的想法，因而為繪本的圖像呈現增添了不少前所未有的風貌。例如羅勃・麥羅斯基（Robert McCloskey）在《讓路給小鴨子》中便靈活運用了電影的運鏡手法，那時而高空鳥瞰、時而長鏡平視、時而快速轉換成特寫的構圖，使得整體空間的展演不僅更顯活潑，也在視覺上帶出了新的躍動（圖六、圖七）。另外，維吉尼亞・李・巴頓（Virginia Lee Burton）在《小房子》裡，不僅在文圖的配置上做了精心的編排，在表現上也因為將小房子做為「定點觀測」的對象，使得原先那不可見的時間，因著翻頁，清楚的呈現在讀者的眼

（由上而下）圖六、圖七　《讓路給小鴨子》（國語日報出版，Make Way for Ducklings，1941）

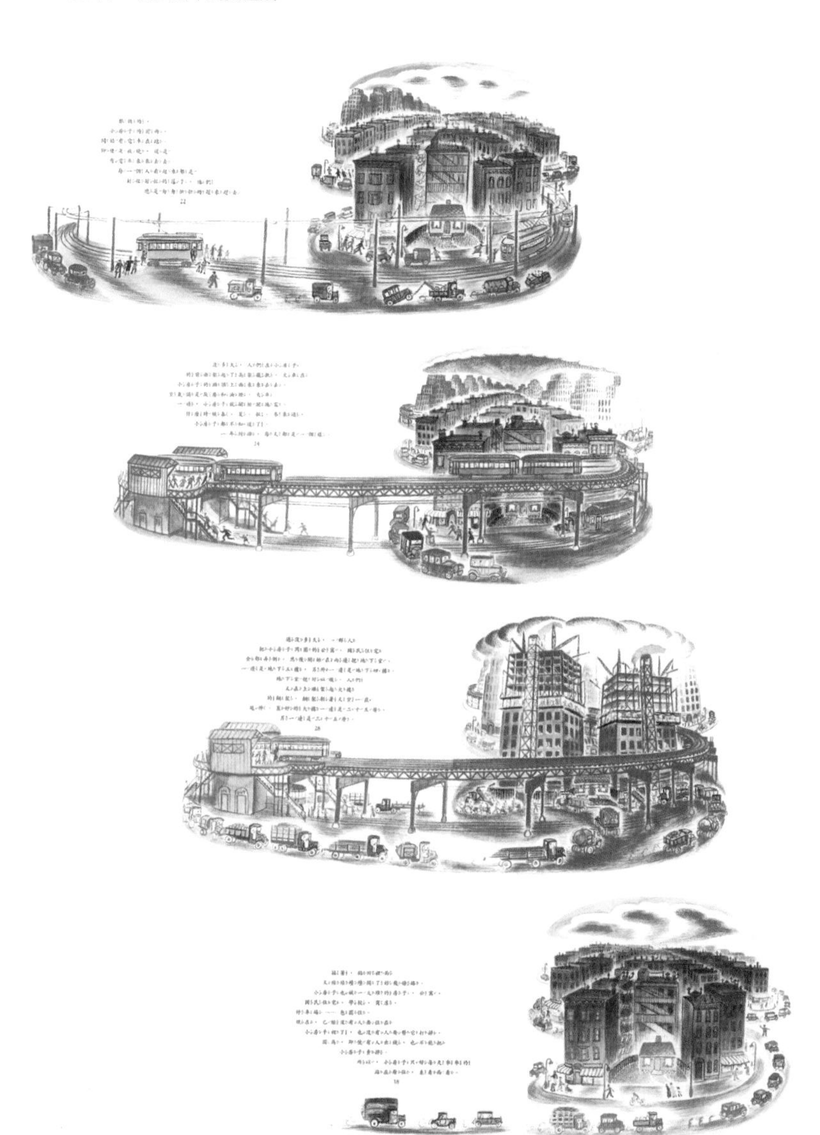

（由上而下）圖八至圖十一 《小房子》（遠流，The Little House，1942）

前（圖八至圖十一）。就這樣，一部屬於「小房子」的變遷史，在娓娓道來的文字敘述聲中，隨著圖像的靜悄變化，竟然有了排山倒海的演出。相較於《一〇〇萬隻貓》藉由自左而右以帶出遼闊空間的表現，《小房子》這種藉由固定的視點以帶出歲月流動的手法，又為大家揭示出繪本在表現上的另一種可能。

整體而言，上述這群不受傳統拘束、擁有廣闊嘗試天地的美國第一代繪本作家，不僅合力造就了「簡明、輕快、開朗」的美國風格，也在不知不覺間，為日後的繪本創作留下了永恆的典範。這當中有許多人都是凱迪克獎的常客，而且他（她）們甚至都延續創作到六〇、七〇年代。從摸索、創新到技巧臻於成熟，他們的作品，儼然都是引領美國繪本走向高峰的前哨。

現代繪本的原點

一九五九年，李歐・里奧尼（Leo Lionni）以《小藍和小黃》（台灣英文雜誌社，little blue and little yellow）在繪本界掀起了一場騷動。他以不具任何意義的色塊，再加上極簡的文字描述，成功的創造了一則令人驚艷的故事。在無意間與孫兒一邊撕紙一邊玩出故事之前，李歐・里奧尼是一名傑出的平面設計師。這位色彩與造型的魔術師，除了深諳如何透過色塊的變化來抓住人們的眼睛，也巧妙的讓抽象的畫面在具體文字的描述下，開始有了生命，並因而帶動讀者，讓讀者在參與想像的過程中，完成了那既簡單、又饒富驚喜的有趣歷程。

面對《小藍和小黃》所帶來的視覺衝擊，書評人塞馬・萊恩斯（Selma Lanes）曾在紐約時報中寫道：「如果圖畫書是我們這個時代新的視覺藝術，李歐・里奧尼就是此一形式表現中的大師。」《小藍和小黃》可以說是一本把平面藝術概念發揮到極致的繪本。他讓大家見識到繪本在表現上的新可能。由於一九五〇年代平面藝術漸漸影響繪本創作，一向以具象表現為主的繪本，也開始講求造型，重視設計，甚而強調起訊息傳達和視覺溝通的重要。它們傾向用抽象、單純明快的形式來表現，並藉由省略細部以突顯主題，強化視覺效果。至於文字與圖像之間的關係，則更為緊密。簡潔有力的文字，無非是在喚起概念，並有效引發讀者對內容的想像。

很明顯的，《小藍和小黃》開宗明義的那個藍點，即是借用色彩的效果及「點」的位置，高明的展開其後令人驚喜的變化（圖十二）。如此徹底簡化的形式，給了讀者許多參與想像的空間。它讓人當下認同，從藍色的點所跌宕出來的，是一個惹人喜愛的小孩——小藍，至於其他那些不規則的色塊，也都在文字的有效串連下，逐一有了指涉。也因此，一個關於自我認識的故事，得以藉由色塊所扮演的那些角色，靈活的展開。

除此之外，此書還強調讀者的積極投入。面對那些隨性撕成的不規則色塊，如果沒有讀者的盡情參與，恐怕也無法體會出閱讀此書的莫大趣味。如果我們不跟隨作者的安排進入這創造性的想像，不移入自身的經驗和故事中的人物、情節重疊，那我們就無法體會小藍和小黃是如何的喜歡彼此，以及當它們融合成小綠，不能變回自己原來的模樣和爸媽相認時，是多麼的傷心（圖十三至圖十六）。當然，也無法體會這由「點」而「面」而「立體」的閱讀，是如何的振奮人心。

李歐·里奧尼自稱《小藍和小黃》中的那個藍點，是他創作中的至高表現。而這個完美無缺的藍點，也被喻為是「現代繪本的原點」。

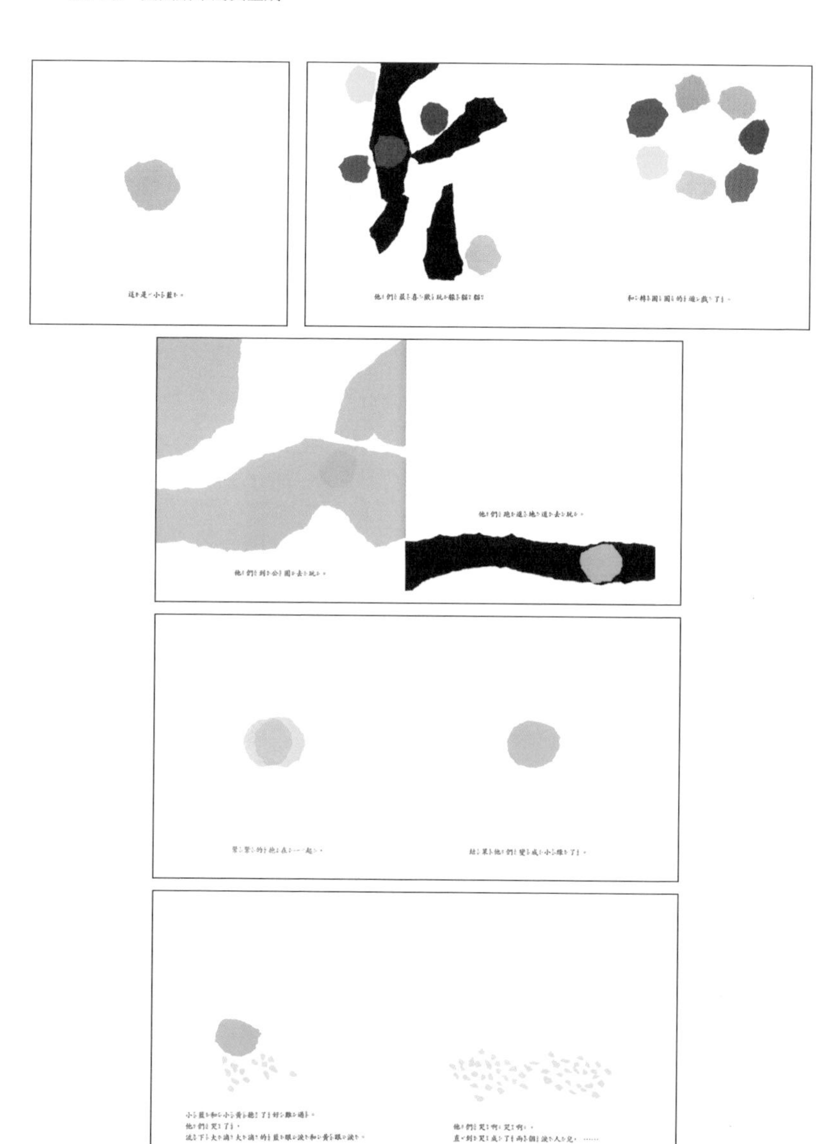

（由上而下，由左至右）圖十二至圖十六 《小藍與小黃》（台灣英文雜誌社，little blue and little yellow，1959）

站在五〇年代的尾聲，李歐．里奧尼的那個藍點，有如一個凝縮的符號，它清楚而明確的昭告世人：繼引入電影、漫畫、動畫、照相等手法之後，繪本也和揉合視覺效果及語言張力於一身的平面藝術有了必然的結合。另外，在平面設計師的熱情投入，以及媒材的推陳出新和彩色照相製版技術的推進下，六〇年代之後的繪本，勢必會以前所未有的風貌和讀者見面。果不其然，一個强調視覺溝通，更具創新、更加大膽、更為迷人的表現空間，就這樣應聲而起，並帶領著一九六〇年代以後的美國繪本，走入新的紀元。

 第二黃金期

二〇〇六年，英國繪本作家約翰．伯寧罕以自己的名字為名，出版了一本自傳性的書《John Burningham》。伯寧罕崛起於六〇年代，其一方面繼承傳統，一方面帶來創新的創作生涯，使他在英國的繪本發展史上，具有不可撼動的地位。而在這本集結自身成長歷程與創作軌跡的作品中，約翰．伯寧罕邀請了美國當代最具代表性的繪本作家莫里斯．桑達克為他寫序。

除了惺惺相惜，桑達克為兩人能在一九六〇年代同時竄起，並一路分別見證

英國、美國的繪本發展深感幸運。他說：「在六〇年代前半段那充滿刺激的時代，《寶兒——穿背心的野鴨》（東方，Borka）和《野獸國》同時在一九六三年出版。毫無疑問，這兩本書都是那令人目眩神迷的繪本時代的產物。……在步調緩慢的五〇年代，我努力摸索，想要找出理想的童書典型。在我眼前，有為數不少的插畫家的作品都極具原創性，他們的作品都成了我瘋狂模仿與剽竊的對象。好在有我的無知，讓我得以大剌剌的仿效艾德華・阿迪卓恩和喬治・庫魯克夏庫（George Cruikshank）的交叉線法。另外，我也試圖從藍道夫・凱迪克、威廉・尼可森那裡，學習什麼是真正的繪本。……五〇年代既是回想起來令人羞愧的年代，同時也是一段美好燦爛的時光。那可說是我盡情學習的階段。雖賺不到什麼錢，盡做些荒唐的事，但不可諱言，我們也為童書開創了新的局面。讓繪本不僅更貼近孩子那難以捉摸的世界，也展現它豐富的設計，並彰顯出印刷技術及彩色製版技術因長足的進步而有的輝煌成果。進入六〇年代，我終於踏出了新的創作步伐。相信你也跟我一樣。屬於十九世紀的那個充滿束縛的童書世界，已經成為過去。我們跨出了自由的第一步，向前奔馳。」

身為崛起於六〇年代、並引領此後創作的繪本作家，桑達克的這段回憶，生動的點出屬於他們那個時代的創作者，如何在五〇年代蓄勢待發，之後又如何在一個條件豐厚、充滿自由氣息的年代，重新掀起繪本創作的另一高潮。

與一九三〇年代的黃金期類似，戰後的經濟復甦、來自歐洲的移民以及印刷技術的進步和媒材趨於多樣，再次給了美國繪本新的發展空間。而平面藝術的影響、趨於自由的時代氛圍，以及創作者間的國際交流與互動，則又為繪本的發展激盪出不同於以往的火花。

我們不妨說，大膽、創新、明快、多元價值的注入……等特色，既是一股新風，也為六〇年代以後的美國繪本帶來了變革。從此，不論是在表現形式或是內容呈現上，我們都不難看到令人耳目一新或是深感震撼之作。

例如，一九六二年艾茲拉・傑克・季茲（Ezra Jack Keat）以《下雪天》（上誼文化，The Snowy Day）一書，勇奪次年的凱迪克金牌獎。此書描寫黑人小孩彼得在下雪天中的各式體驗。其明亮、不含陰影的色塊拼貼，不僅奪目，也和幼兒大塊掌握的特質不謀而合。由於效果令人驚艷，季茲這多重的拼貼技法，便也為日後的繪本表現再造新境。從此，拼貼技法在繪本的創作中有了一席之地，而那給人留下鮮明印象的小彼得，也就成了六〇年代諸多創新手法中的一個亮眼的標記（圖十七）。

隔年，莫里斯・桑達克以《野獸國》在凱迪克獎中勝出。此書形式上臻於完美，內容則打破了長久以來大家對繪本的認知。作者不再以為繪本的內涵應該趨於「無菌」，他大膽的將潛藏在每個小孩心理底層的「野性」，明白的揭示出來。其目的不外乎想要透過自由的想像以及如詩的幻境，帶領孩子們走過內心的糾葛，進而安撫那存在於他們體內、有如群魔亂舞的「野獸」。這樣的表現，固然引起兒童普遍的共鳴，但如此毫不忌諱的點出兒童真相，卻也挑起了許多成人的不安神經。站在二十世紀的繪本高峰，《野獸

圖十七　《下雪天》（上誼文化，The Snowy Day，1962）

國》有如一顆震撼彈，它迫使成人重新思考「兒童」以及「兒童文學」的內涵，因而引發了一場影響深遠的「兒童文學革命」。從此，繪本的功能不再只是停留於揚善懲惡。少了道德的束縛以後，許多的創作者也開始重視真實，他們除了繼續探索兒童的深層，也開始對社會議題多所反思。也因此，女性主義、去白人中心主義、反戰、反歧視……等在時代潮流中被嚴正以待的議題，也都在六〇、七〇年代的繪本內容中逐一浮現。

隨著表現的多元與多樣，一九六〇年代以後的繪本不再拘泥於只是「為了兒童」而有的創作。它的價值超出了兒童文學、繪畫的範疇，已自成為一種文學與藝術的表現類型。由於價值的提升，繪本因而吸引了許多其他領域的藝術家投入。像是李歐・里奧尼、艾瑞・卡爾（Eric Carle）、威廉・史坦克（William Steig）……等許多當時在平面藝術界、漫畫界備受肯定的藝術家，也都願意轉換生涯跑道，將繪本視為他們在做藝術傳達時的主要媒介。他們不僅開創新局，也留下典範。他們於六〇年代嶄露頭角時所發表的那些作品，對於提升美國的繪本皆有不容忽視的力量。譬如：李歐・里奧尼的《一吋蟲》（大穎文化，Inch by Inch，1960）、

《小黑魚》（上誼文化，Swimmy，1963）、《田鼠阿佛》（上誼文化，Frederick，1967）、《阿力和發條老鼠》（上誼文化，Alexander and the Wind-Up Mouse，1969），艾瑞．卡爾的《好餓的毛毛蟲》（上誼文化，The Very Hungry Caterpillar，1969）（圖十八），以及威廉．史坦克的《驢小弟變石頭》（上誼文化，Sylvester and the Magic Pebble，1969），不僅都是當代作品中的佼佼者，也是被傳頌至今的上乘之作。而除了上述的那些作家，瑪夏．布朗（Marcia Brown）的《小老鼠和大老虎》（台灣英文雜誌社，Once a Mouse，1961）、瑪麗．荷．艾斯（Marie Hall Ets）的《像我平常那樣》（遠流，Just Me，1965）、湯米．溫格爾（Tomi Ungerer）的《三個強盜》（上誼文化，The Three Robbers，1962）、唐．菲力曼（Don Freeman）的《小熊可可》（上誼文化，Corduroy，1968）、謝爾．席爾佛斯坦（Shel Silverstein）的《愛心樹》（星月書房，The

圖十八 《好餓的毛毛蟲》
（上誼文化，The Very Hungry Caterpillar，1969）

Giving Tree，1964）……等等，也都在六〇年代佔有一席之地。當然，不僅止於六〇年代，前述大多數的作家，終其一生都在繪本這塊土壤中持續耕耘。可以說，這群打造美國繪本第二黃金期的功臣，在經歷了最美好的繪本時光之後，依然堅守崗位，並將他們那有形、無形的影響力，及於七〇、八〇、九〇年代，甚至是二十一世紀，並因而成為美國繪本後期發展的中流砥柱。

繁華過後的美國繪本

重新檢視六〇年代出版的那些美國經典繪本，便不難發現，它們的完成度高，設計性強，而且題材、內容多元多樣，不僅道盡繪本的諸多可能，也充分展現當時那自由、奔放的時代精神。

當形式表現臻於嫻熟，且出版市場趨於過剩之時，在浩瀚的書海當中，便也不乏因為過度重視技巧而出現文圖失衡的作品。當許多創作者將繪本視為自我表達的工具之後，他們不是不再迎合小孩，就是忘了兒童的存在。也因此，相較於三〇到五〇年代總是對兒童投以溫暖眼神的作品，六〇年代之後有愈來愈多的美國繪本，都因作家强烈的自我主張，而引來「兒童不在」的質疑。此外，繁多的技法以及對

於國際市場需求的考量，也都使得作品漸漸流於表面的奪目，至於內容，則不再耐讀、耐看。這些可以說都是美國繪本在繁華過盡之後，所留下的一些「缺憾」。

儘管如此，七〇年代仍是屬於美國繪本「收割」的年代。隨著時間的推移，創作者們在既有的基礎上繼續挖掘新的主題，並嘗試運用新的元素，為繪本的表現更添顏色。也因此，多樣的主題，遂成為七〇年代美國繪本的一大特色。在風起雲湧的後現代、多元文化、女性主義……等的思潮中，幾位繪本作家也都開始勇於打破禁忌、跨越藩籬。他們除了挑戰繪本在創作上的可能性，也對既有的社會問題展開批判反省。但另一方面，由於市場的競爭，使得這有如過江之鯽的繪本出版，不可避免的開始有了媚俗的倒退現象。故一等進入八〇年代中期以後，美國的繪本出版便開始呈現花俏有餘、活力不足的現象；表面上看似乎更加的多元多樣，實際上則陷入了混亂低迷的窘境。

當然，這中間還是不乏令人眼睛為之一亮的作家與作品出現。像芭芭拉・庫尼（Barbara Cooney）、阿諾・羅北兒（Arnold Lobel）、優利・修爾維滋（Uri Shulevitz）、湯米・狄波拉（Tomi dePaola）、克里斯・梵・奧斯伯格（Chris Van

Allsburg）、大衛・威斯納（David Wiesner）、艾倫・賽伊（Allen Say）、彼德・席斯（Peter Sis）、席姆斯・塔貝克（Simms Taback）……等人，便都是近二、三十年內，接續前人，繼續為美國繪本翻新土壤的重要園丁。

雖然屬於一九六〇年代的美國繪本榮景已難再現，但它確實讓我們見識到美國繪本在時代的因緣際會下，如何成就其顛峰的精采歷程。另外，也讓我們理解到，繪本的發展，其實是充滿變動性的。作家所面臨的環境，可以是養分，也可以是一股讓繪本改頭換面的力量。在緬懷黃金時代之餘，我們不妨跳出美國繪本發展的脈絡，思索當下。在創作者變多，讀者群變廣，內容愈來愈無所拘束，國際流動大，以及創作手法還留有無限可能的情況下，我們是否可以對繪本的未來，懷抱更多、更新的想像？

第七章
繪本的圖——兒童的閱讀之窗

為「前進文明」做準備

一個孩子從出生到成人，這中間的發展，和人類的歷史演化有許多異曲同工之處。原始時代，身處蠻荒的人類，就像一個邁向學步的小孩一樣，身心都還處在混沌未明的階段。漸漸的人類有了語言，並藉著口傳和圖像的記錄，開始累積一些早期的文化。而直到抽象化的符號——文字——的出現，以及印刷技術的發明，文明的腳步才得以躍進，並使人類有了今日「長大成人」的樣貌。

試看「人」的成長，其實也是循著類似的軌跡而來。一個嬰幼兒的成長階段，就頗接近於人類的原始時代。孩子們本著自然的稟賦，干擾、面對整個外在世界。然後，他們開始牙牙學語，累積認知，並對具體的圖像開始有了識別的能力。但由於尚未完全擁有理解高度文明所需的那些「配備」——如抽象化的概念以及認識文字符號的意義……等，所以，在這之前他們如要參與「閱讀」或是邁向進階的文明學習，語言和圖像，就會是他們所擁有的最好的憑藉工具了。

走進閱讀的一扇窗

給幼兒看的「繪本」，正是言語藝術和繪畫藝術的完美結合。它讓孩子在

「聽」與「看」的饗宴中，得以用最貼近他們的方式，去經歷故事、理解內容，並欣賞到文學與藝術的融合之美。

由於此一年齡階段的孩子尚未熟諳閱讀文字的方法，有關繪本裡面的文字，就必須交由大人代勞，由大人為他們唸出。如此一來，孩子們除了雙耳聆聽由「文字」轉化成「語言」的聲音敘述外，其雙眼所要做的，就是「專心讀圖」了。

兒童將用他們天生的那些敏銳感覺，在一張張看似靜默的畫面中，透過聲音，捕捉到書的律動和感情。另外，孩子也會在一幅幅圖像的助力下，於腦海中逐步勾勒出故事的形貌，並在經歷完這趟美麗的「文圖合奏」之後，對文學與藝術表達，有了更多的感知和悟力。

由此可見，繪本的圖，是帶領孩子走入閱讀世界的一扇大窗。它一方面可以讓孩子本著最自然的方式遊走於書間，一方面也將「聽故事」的趣味由線性的敘述擴大成一個可見的、平面性的延展。甚至，因著繪者的精心呈現，使他們在翻弄書頁時，得以看到一個立體的、有深度的「空間」，並讓他們在它那靜中有動的描繪中，隨著翻頁，看到了「時間」的流動。

適合繪本的圖

繪本的圖之所以會帶來這麼多讓人意想不到的「魔力」，完全在於它那獨特的表現本質。有別於一般畫家凝縮一切情感、思想於一幅單張的畫面上，繪本的圖並非為了獨立而存在。它是多張圖畫的組合，它們一起和書中的文字共同肩負「說」故事的大任。

要成為繪本裡的圖，其先決條件是不論線條、用色、造型、構圖，都必須合乎美的標準。除此之外，就是必須在「圖畫性」之上具有「說故事的能力」。

換句話說，繪本中的每一張畫，在賞心悅目之餘，都應該扮演好傳達內容的角色。而且它必須要能「承先啓後」，它既是被喚起的（被前面一張畫的內容喚起），也是能挑起好奇的（挑起人們想看下一張的好奇）。如此一張接連一張，自然而然就有了動態，有了情感的起伏。於是，觀圖者在這些畫面以及語言描述的帶動下，便得以完成迥異於一般書籍的「閱讀」。

既然繪本的那群小主人所處的是文字文明之前的「圖像思考時代」，那麼大人在做傳達、表現時，理解此一階段兒童的讀圖特徵，就顯得非常重要。

當一個赤子降生時，由於世界對他是一片陌生，陌生使他極度敏感，所以他們總是時時在動員自己稟承天賦的感官和肢體，在對這個世界進行無止無休的探尋。就這樣，他們逐步走入文明並適應文明。只是這些涉世未深、尚未完全進入文明殿堂的孩子，儘管學會一點文明的方法，但大多的時候他們還是會善用他們原有的特徵，藉由敏銳的感官以及整體辨識的能力，去理解、學習事物。

基於經驗累積的不足，孩子們的認知範圍一向很難脫離具體的情境。他們的認知發展次序，是「由知覺而理性」、「由具體而抽象」的。所以當他們在習得「閱讀圖像」此一能力時，也是先從具體的實物出發。之後，才懂得將事物轉化成圖，再慢慢的藉自身所看過的那些圖像去組合思考，並勾勒出屬於自己的印象。

孩子對事物的辨認，是大塊掌握而非細部的描述；是抓取整體特徵而非藉由理性的分析去整合全貌。所以他們在讀圖時，絕不像受過理性訓練的多數大人那樣，只會先觀細節或做分析，而忽略掉了整體的瞬間傳遞；或是只求意象的炫人，而無視於意境對人的內在的感染。換句話說，分析性的圖像表現對大多數的幼兒來說，是有距離的；缺少整體氣氛的圖像儘管再怎麼奪目，也都很難打動孩子。然而，只要意境足，他們就會憑藉著敏銳的直覺直接融入，並進而從中掌握到故事的本質。

美感經驗的養成

不可諱言，有很多在為孩子畫繪本的大人，並未真實的站在孩子的角度去鋪展出一個他們可以當下進入的世界。他們不是太過「大人本位」，就是「矮化孩子」。前者所畫的有可能是上乘的藝術之作，但由於其間充滿太多的抽象思維，或是所陳述的世界完全遠離了孩子的生活，使得孩子因為失去了理解與想像的依據，而對之卻步。至於後者，則已然偏離了藝術的、美的軌道，甚至還違背了「創作在於傳達事物本質」的基本態度。因為，大人們以為孩子是幼稚、好哄騙的，甚至是不具備品味的。於是，他們在下筆時便刻意降低繪圖時的美學要求，不是刻意扭曲形體，就是試圖藉由鮮豔的顏色或趨附流俗的畫風，想要吸引孩子。

有時，孩子們固然會因沒有其他選擇，而步入大人所設下的陷阱。但很明顯的，這些孩子是不被作者所尊重的。要不，他就不會斷然抹殺孩子們對美好事物的追求權利，也不會歪曲孩子對世界的認知，或是大肆破壞這群尚在累積美感經驗的孩子們的口味。

事實上，只要繪本中的圖能藉由美的形式，讓有律動的情節和屬於故事的生命力躍然於紙上，孩子們在翻書、尋書時就會很快的發現它們。這是因為孩子憑藉著他們敏銳的直覺，在感受畫家投注在畫面上的那些情感和活力。換句話說，他們觀畫是「非鑑賞式」的，這中間雖然少了大人世界的美醜價值判斷，但他們卻用了他們的方式，在發掘全體的妙處。通常，只要畫面是他們可以進入的，又能對他們的身體、心靈帶來觸動，孩子們就會在其間忘我、流連，甚至是對之百看不厭。

一味的著墨於視覺上的刺激，是無法讓人持久欣賞，也無從激發想像的。劣質的畫法，除了是大人太過低估孩子的感受能力，也是大人對孩子培養「眼力」時的扼殺。另外，强調大人自我風格，卻全然無視於兒童發展特徵的畫法，則往往會使觀畫的孩子，有著被拒於門外或是「形同嚼蠟」的感受。

文字閱讀的前奏

所以說，即使對象是群年歲猶低的「幼兒」，繪本的圖還是絲毫不得馬虎。這除了關乎閱讀，也關乎孩子的想像。因為唯有質地較高的圖，才能為這群處於「藉圖思考」的世代，帶來質地較佳的想像。

畢竟，想像的基礎在於過往的所見所聞。孩子們在進行想像時，因所累積的經驗仍嫌不足，所以，在生活之外，如果還能有其他的圖像、影像來做為他們的聯想基礎，他們的想像內容就會變得更加豐富。如果孩子們接觸到的都是饒富生意又臻藝術水平的圖，那麼他們的想像天空自然就會多彩多姿。我們不妨說，繪本的圖除了可以引領孩子，讓他們置身故事，它還可以成為一幅幅烙印在孩子腦海中的圖像。這樣的圖像，乃是他們徜徉於精神世界或創造故事時，不可或缺的素材。

為了豐富他們的感知和想像，我們當然希望繪本的圖，質地是好的、美的，且能貼近孩子的理解和經驗。如果繪本的畫家能做到以上的要求，相信「閱讀繪本圖像」將會是一個影響兒童發展至深的美好經驗。

經過繪本畫家「感性」和「理性」的雙重處理後，孩子就可以展開屬於他們的「閱讀」了。通常，他們都是先用舊有的經驗來做為認識內容的依據，等到他們理解了語言和圖像所指涉的意涵後，他們就會把書中帶給他們的那些新的體驗融入自身，並使之成為新的感知和領悟。而這些，都是孩子得以順利走入「文字閱讀」的前奏。

完成屬於孩子的閱讀

文學的樂趣，在於它雖然是以文字此一抽象符號做為工具，但在閱讀時，我們卻可以理解其內容，並將其間的敘述化為具體的映像或抽象的思考。這樣的工夫是需要循序學習的。換句話說，在理解文字之前，人必須先培養「讀圖」的能力。在有了將事物轉化成「圖」的能力之後，人才有可能將事物或圖，轉化成「文字」。繪本正是培養孩子識圖、知圖和藉圖思考的極佳工具。它可以幫助那些尚在文字文明的門檻前徘徊的孩子，讓他們在尚未熟悉文字符號時，就先藉由具體的圖來解讀兒童文學作品裡的那些陳述。

可見繪本的圖除了可以幫助孩子及早習得閱讀的方法，好為他們日後的「文字閱讀」鋪路，另外它還是為孩子建立映像檔案、培養美感經驗的重要「圖庫」。

在回顧人類與人的「成長歷史」時，我們發現，「圖像文化」與「閱讀圖像的年代」就彷彿是成長中的一段醞釀期。一旦人類從「圖像」跨越到「文字」，那將會是一個令人驚異的成長大步。而繪本的圖，不僅有助於彩繪孩子們的童年，也是幼兒在前進文明時的一個非常重要的醞釀元素！

（原始內文收錄於一九九六年兒童文學學會出版《認識兒童讀物的插畫》一書）

第八章
故事解析與繪本語言

向口耳相傳故事汲取精華

從前從前，在文字文化尚未普及時，「口傳文化」乃是人們精神生活中不可或缺的一部份。當時的人將共同生活體中的規範、經驗與價值，透過詩歌或故事等形式予以傳承。在這「口耳相傳」的活動過程中，人們不僅習得了豐富的文化，也因為這動人的文學表現，在精神上得到了慰藉。另外，大家圍坐傳誦一則又一則的故事，也為過往緩慢的生活步調，增添了不少暖意和趣味。

「說聽故事」的活動，在人類的歷史中，可謂淵源已久。它曾經與人們「如影隨形」的生活了好幾個世紀。只是，現今因為生活型態的改變，使得生活在現代化社會的我們與這樣的「習慣」漸行漸遠，甚至到了「形同陌路」的地步。例如，加快了的生活腳步，已使得大人和小孩鮮有餘暇去藉由說聽故事，來進行情感上的互動。而爐火邊、榕樹下說聽故事的場景，也早在生活中絕跡，取而代之的是生活電器化及數位化之後的新娛樂景觀。此外，以文字閱讀為主的求知形式，也使得大多數的大人因為長期依賴書籍、報紙……等傳達媒介，逐漸喪失了對故事語彙的記憶。也因此，當依然迷戀於聽故事的孩子以渴望的眼神央求大人時，大人往往就會覺得詞窮、不知所措，一時之間不知道要怎樣說，才能為孩子張羅出一則精采而動人的故事。

其實，那是因為我們把「說聽故事」的活動從生活中抽離得太遠、太久之故。如果我們願意騰出時間，重新去滿足孩子對故事的那份好奇和癡迷，那麼重拾「說故事」的經驗，也就未如大人所想的那麼困難了。

你可以先說一則發生在自己身上的故事，也可以選擇一本現成的繪本或小說純粹朗讀。或是向前人學習，去說一則曾經是口耳相傳的故事。唯有在不斷的練習與體會之下，現代的大人才有可能像前人那樣，漸次掌握到故事中所蘊藏的力量。而說著說著，說不定大人就能再創新的故事，變得只要「信口拈來」，就又是一則形式完整、言語精鍊、情節扣人的精采故事了。

為了要達到上述的「境界」，我以為，讓許多的好故事「附身」，乃是一個最紮實、最能帶給人切身影響的做法。換句話說，說故事的人一定要先遍歷好故事。尤其，如果能把一則又一則的口耳相傳故事予以消化，那麼，他就可以在這塊前人所留下來的沃土中汲取精華，然後使之成為自己的養分，並自然而然的避開動線不清、章法錯亂、想像零散……等常見的說故事弊病了。

從「說者」的需求出發

口耳相傳的故事，可以說是人類智慧的共同結晶。它來自民間的集體創作，形成的方式是藉由口、耳之間的不斷傳遞，除了具有說、聽之間的「流動」特性外，也因為歷經世世代代無數不知名作者的「淘洗」，而自成一個非常洗鍊的文學形式。

這樣的文學形式，不論是在結構上或是在表現上，都具備了「聽」的要素。例如簡潔明晰的架構、重覆的形式以及動線清楚的故事鋪陳……等等。這些要素的形成，全是因為緊扣「說者」與「聽者」的需求所致。因為它既要方便說故事者的描述與記憶，也要讓聽故事的人可以經由「耳力」，清楚的掌握到故事的焦點、脈絡和輪廓。也因此，它必定是「骨幹」清楚，並以故事主人翁具體而毫不拖泥帶水的行動做為血肉。這種省略細部的說故事方式，雖有別於小說的細膩描寫，但就「聽」的角度來看，它更具有普遍性，也更容易流傳，是一個比小說或自由創作的故事更容易在生活中扎根的說故事方式。

當我們在讀一則小說時，我們大可以在書頁之間前後徘徊，直到細細吟味夠了才止。然而，聽一則故事，那聲音敘述就彷彿流水聲般，一去不復。所以在流動的聆聽過程中，如何讓不可見的想像因為生動的語言描述而「立即可見」，也就成為故事好不好聽、吸不吸引人的關鍵所在了。

我們不妨把每一則口傳故事的最早雛形，想成是一般「生手」所說的故事。最開始，它可能結構鬆散，也可能情節迂迴百轉。由於聽者不勝耳力，所以當這位聽者想要再將這則故事傳遞給他人時，他不是從自身的角度去重整結構，就是因為忘卻其中的繁枝茂葉，而自動刪減了其中沒有必要的末節細部。就這樣，一個原本不是很成熟的故事，便因為歷經無數人與無數次的「說、聽互動」，被自然裁剪成一個特殊而有效的形式了。

可見，一則口傳特性鮮明的故事，總是「無須贅言」的就將「好故事」應具備的條件說明清楚了。對一個「說故事生手」而言，多向口傳故事借鏡、取經，可以說是走入故事、理解說故事訣竅的最佳途徑。

滿足小讀者「聽」的需要

小孩一向是口傳故事的最忠實聽眾。這除了是小孩對世界充滿好奇、喜歡隨故事神遊外，口傳故事的結構特質，也是孩子想要與之親近的原因之一。

不少的研究者指出，口傳故事的結構特質是：骨架清楚，且常出現重複的形式。不論主角經歷多少艱辛萬苦，最後都是以快樂的結局收尾。這對尚處在渾沌初開、且正勇敢面對未知世界的兒童（尤其是學齡前後階段的兒童）來說，除了可以為他們帶進秩序、理出秩序之外，也可以使他們的情緒隨著故事的起承轉合，不僅有所起伏，也能在最後得到莫大的安撫。甚至因為主角正面、向上的歷程，給了他們面對未來的無盡勇氣。

聽故事時，小孩喜歡聽到故事中人物在連續的三個巡迴中，說同樣的話、做同樣的事。不過，身為主角的「老三」，最後一定要有不同於前面兩者的豐厚結局才行。例如「三隻小豬」中的第三隻小豬擺脱了大野狼的迫害，不僅狠狠的修理了大野狼，還從此過著幸福快樂的日子。「三隻山羊嘎啦嘎啦」中的第三隻山羊，一改前面兩隻山羊的怯弱，將橋下的大妖怪打得落花流水，最後三隻山羊一起在山上吃草，吃得全身胖嘟嘟的。在「三隻小熊」中，屬於爸爸媽媽的熱湯、椅子、床，總是安然無恙，唯有小小熊的前述三樣東西都一一受到小女生的染指及破壞。到了第三關，牠們終於找到了偷闖進屋內的「兇手」，並眼睜睜看著小女孩倉皇逃離……。當然，除了最常見的重複三次，也有不少故事是透過情節不斷的堆疊，以製造出趣味的。例如「永遠吃不飽的貓」、「在一個晴朗的日子」、「好大的蘿蔔」……，都在劇情一次又一次的升溫中，帶出了故事的高潮，或是讓聽的人在漸漸感到飽滿之餘，又能在最後的結局獲致一種完全的釋放。

如果故事能循這樣的步驟發展，小孩便能在聆聽的過程中，因為情節的可以預期而有了熟悉與放心之感。另外當主角得到的是出人意表的獎賞，或是他的行徑打破了前面兩者的窠臼時，小孩似乎又能從中獲得極大的驚喜。這樣不多不少、最能帶來張力的整體節拍，可以說既符合小孩「聽」時的生理需求，也很能滿足他們心理上的需要。

對經常處在「無防備狀態」的兒童來說，如果大人將他們推進去的，是一個全然未知、滿是新事新物的故事世界，對小孩而言，是一種無比的吸引。可是如果遇到的不是個說故事高手，想必也會在過程中帶給他們多餘的緊張和不安吧！但如果有了重複的敘述方式，整個故事發展自然就不會那麼繁雜難懂。甚至，孩子們還可以因為那可預期的情節發展而有了參與的機會，這麼一來，故事裡的未知世界就不再是那麼的不可攀緣。相反的，小孩正好可以利用機會進行一場屬於他們的明快冒險。當冒險圓滿結束，這一氣呵成的過程，自然又會吸引孩子想要一試再試。也因此，聽完一則口傳故事之後，孩子們最常有的反應便是對著大人說：「再講一次！」

繪本的語言

許多大人把唸繪本給孩子聽當成是一件無聊而勞累的工作。所以當孩子央求大人唸繪本給他們聽時，大人不是以十萬火急的速度唸完，就是「偷工減料」，將之簡化成故事的「提綱摘要」。結果，孩子既無從靜下來聽那有文學味道的語言，也難以動用他的敏銳感覺，去掌握整體的表現和感受此中語言的力道和厚度。就這樣，因為大人對繪本文字的漫不經心，使孩子平白失去了聆聽文學的大好機會。

有些大人一味的把繪本當成是填塞知識、教導規範和學習認字的工具。也因此，他們大都不會好好的傳遞內容，不是自行脫離文學描述的本意予以加油添醋，就是丟下孩子讓他們自己閱讀。結果，孩子不僅無法全心欣賞到繪本那充滿顏色、聲音以及美好想像的內容，也會因為大人枯燥無味的表達或是自己詰屈聱牙的讀字，而對這樣的閱讀感到索然無味。

一本好的繪本，其文字的效果，乃大過了我們的肉眼所見。它不僅傳達出畫面的內容和「弦外之音」，也包含了語言所獨具的生命與內涵。它是一種「文學的語言」，是經過作家淘洗之後的精練口語，所以是幼兒在為語文能力奠基時，一個很好的接觸語言的管道。

在識得文字之前，藉由耳朵去聽、去理解，是非常重要的語言經驗；所以，大人有必要用我們的聲音，為孩子將繪本中的文字「演奏」出來，讓孩子得以徜徉在繪本所提供的這片語言大海中，並從中識得「語言」的趣味和魅力。

繪本的語言不同於一般的文學。一般的文學是讀者與作者之間的直接交流，而且是兩者之間的一種靜態流動。然而，繪本的生命，往往要經由第三者的「點化」，才能「動感十足」的傳到孩子的身體裡。而這樣的點化，包括了我們在呈現語言時的一切精華。換句話說，當大人要將書中的文字化成語言時，他除了是透過聲音表現出文學的意境和帶出聽覺上的效果外，更重要的是，他還投注了自己的情感。這情感，有他對故事的理解、詮釋和喜好程度……等。這對擅於聆聽的小孩來說，是最具吸引力，也最能夠引起共鳴的。因為，孩子對語言的理解往往來自於「全身的感覺」，而非「大腦」，所以當他們豎起耳朵聽時，總是能夠很快的融入當時的情境，並讓自己的所有細胞隨著「有表情的聲音」起舞。也因此，他們能夠自自然然的掌握到語言的意義和美感。而這樣的經驗，就好似大人在聽音樂時的那種感受。孩子們不僅體驗到了故事的整體內容，也因為說者的表情、聲音、語調……，而品嚐到了「如音樂般的」語言表現。

這種美好的語言經驗，可以說就是孩子日後在語言、文學的表達上能否「開花結果」的關鍵。在我的經驗當中，有不少小孩因為繪本的耳濡目染，而在日常生活中不時會有「一鳴驚人」的表現。例如目不識丁的幼稚園兒童，可以靈活、有感情、一字不漏的把繪本故事說給大家聽。也有小孩會將繪本中的文學性表達，精準而貼切的再活用到日常的生活當中。當然，也有小孩是在不知不覺中語彙變豐富了，在語言的表達上，讓人愈見神采與力量。

可見，唸繪本給孩子聽，就好似在他們的心田撒下最美麗的語言種子一般。這些，或許都不會立竿見影。但是對小孩而言，聆聽繪本，使他們成就了一場語言的遊戲。而這種直指內心的撼動，勢必會把語言的種子帶到他們的體內，經過沈澱、發酵之後，等待在適當的時機，發出令人讚嘆的聲音。

當然，所有美的、文學的表現，都值得唸給孩子聽。但如果想要「事半功倍」，那些具有口耳相傳故事特質的優質繪本，將會是大人最好的「入門」。因為它們讀來總是情節明快，言語擲地有聲，是最能在短時間內「收服」孩子的最佳故事法門。

第九章
圖與文的美味關係

迷人的創作形式

做為藝術創作的形式之一，有圖、有字的繪本，無疑是迷人的。遠在十九世紀末，繪本界的宗師——凱迪克，就已經為圖與文的合奏立下了不朽的典範。他讓文、圖有如舞台上的音樂與舞蹈，兩者同時表現，又相互競演；一呼一吸間不僅營造出絕佳的場景、氛圍，也創造出豐富的內容陳述。

表面上看，繪本不過就是有圖、有字的書罷了。但仔細想想，這兩個屬於不同系統的表現符號，如果各自為政，不在其間互相幫襯的話，充其量就只是一本文、圖互為主從的書。一本好的繪本，圖與文的關係應有如「情歌對唱」。兩者既無主從之分，還各擅其場；縱使各有各的差異，卻因為你來我往、彼此見縫插針，而創造出生動有致的對話，使人從中感受到了活力、情趣，以及妙不可言的「關係」。

所以說，繪本在形式上的引人處，除了美麗的圖與美麗的文字之外，更重要的是圖與文之間的美味關係。它們有時相偎相依，有時互別苗頭，但無論如何，兩者都在具體與抽象的表現中，不僅展現了各自的特質，還能融為一體、相互提升。

圖與文的「第三種效果」

到底，在什麼樣的情況下，才是好的圖、文狀態呢？首先，它們必須要有極佳的默契，卻不能是彼此的翻譯。圖與文必須要在相互填補空隙之餘，還要能夠留白，讓讀者有參與想像的餘地。畢竟，相互的說明只會使得這樣的組合變得重複且無趣，而鉅細靡遺的表現，不僅過剩，也會剝奪讀者參與想像的機會。好的圖、文共演，就好像是好的詞、曲結合。當作曲者拿到歌詞時，他必須先理解詞的內容與感情，然後再盡可能的藉由音符，注入自己的理解、感動和想法。當詞與曲皆能去蕪存菁、相輔相成時，人們聆聽到的便不再只是單純的文字或是純粹的旋律，也不是兩者互為「迴聲」的重疊表現，而是詞與曲揉合後，呈現出來的「第三種聲音」。

一如曲子照亮了歌詞、歌詞帶動了曲子，繪本的圖文關係也和詞、曲的關係有著異曲同工之妙。原本屬於線性描述的文字，因為圖的加入，不僅讓內容形於可見，還增添了平面性的描寫。另外，圖像的說明與擴充解釋，則使得內容更加的多角與豐富。而文字之於圖像，就好似早期的默片需要辯士來加以說明那樣，當辯士的聲音和畫面合而為一時，台下的觀衆便也開始如醉如痴。

一本圖、文巧妙搭配的繪本，其圖與文不但同時照亮、豐富了彼此，也帶出由線性而平面、而立體的閱讀。尤其當有人願意為我們唸出文字，以帶情感的聲音演奏出繪本時，我們就能因為聽覺與視覺的同步接收，馬上捕捉到圖與文這啓動繪本運轉的「靈魂」，於書頁間舞動出來的「第三種效果」。而繪本屢屢讓人痴迷，就是這圖文共奏所帶來的作用。

從「各有特性」到「合而為一」

一般而言，文字和圖像在表現上，是兩個差異性極大的符號系統。它們有如兩位個性迥異的相聲演員，雖各有所長，也各有所短。當有機會同台演出時，最好的表演莫過於在凸顯自己之餘，也能暗助對方，甚至要利用彼此間的矛盾，製造出屬於這對雙人組特有的趣味。

文字的特性在於重視線性的描述。通常會依時間的順序，一點、一點的鋪陳。此外，它還擅於表現聲音、味道、因果關係、心理轉折，以及各種精神層次上的內容。至於圖像，除了可以讓文字內容具體化之外，它最擅長的莫過於對空間的描繪。不論是整體的氛圍或是細部的呈現，圖像都能在讀者觀看的瞬間，做到最快速而完整的傳達。

相較於此，文字在形容場景或是各種細微的表情時，不僅必須大費周章，還很難臻於精確。針對「具體性」的描繪，文字的表現相對薄弱，但也留給讀者更大的想像空間。相反的，圖像提供給讀者的，是具體可見的畫面。有時，難免會因而限制了讀者的一些想像。但是如果它們能夠適切的呼應文本，甚至在文本的架構之上再賦予內容更多的血肉，圖像的表現就會成為人們在理解內容及進行想像時的重要依據，而不致於像坊間許多表現過剩或畫面拙劣的作品，徒使畫面的出現變成是文字想像的終結。

可見，圖像和文字，各有其特殊性。它們旨趣相異、效果相離，如果不能互補、分工，形成相互依存的夥伴關係，那麼在表現上無疑是一種浪費。結果不是造成閱讀上的文、圖分裂，就是使得表現形於冗贅，或是文、圖的一方在書中失去應有的份量。

就一本繪本來說，我們很難說圖與文在書中所扮演的角色，到底孰重孰輕。即便在量的表現上有所懸殊，但兩者在書中所下的力道，應該是無分軒輕才對。例如

《小藍和小黃》一書，其內容之所以令人雀躍，在於它用了最簡潔的文字，牽動起形狀、顏色，並帶來一則令人喜出望外的故事。乍看之下，那佈滿書頁的色塊固然搶眼，但如果我們將文字抽離，會發現它們根本不具任何意義，更遑論要從中猜出作者所要揭示的故事內容了。有別於一般繪本的精采畫面，《小藍和小黃》並不藉由圖來先行傳達、述事。當曖昧的形體有具體的文字為之說明時，所有的色塊以及色塊與色塊間，便都被賦與了生命和意義。就這樣，一則讓人倍感驚艷的、關於「自我與他者」的小故事，便在圖與文的連動下，「有聲有色」的誕生了。

唯有圖與文合而為一，一起擔綱說故事的任務，我們才能看到繪本的全貌和它的表現威力。它們在分攤說故事之餘，也扮演了為對方畫龍點睛的角色。是因為文字（聲音）的點化，才使得圖的表情更加活絡；至於圖像，則為平鋪直敘的文字內容增添了無數的趣味。文字與圖像，不僅因為分工後的合併而趨於完整，更因為彼此的互助互挺，彌補了各自在表現上的一些限制。也難怪，強納桑．寇特（Jonathan Cott）在形容一本圖文關係緊密的繪本時說：「它們必須結一個很好的婚。[1]」言下之意，文與圖相加之後必須大於二，而非等於二。縱使結合的模式不一，但不管如何，兩者所擦撞出來的火花，都要讓人看了覺得賞心悅目。

圖與文的可能關係

圖與文的美味關係，除了隨處可見的「合作分工」外，我們還可以看到「等價分工」、「圖文不同調」以及「偷渡」這三種可能。

不可否認，幾乎所有的繪本，都是圖與文「分工」下的產物。在「合作分工」的過程中，圖與文除了要依各自的特色去做表現外，它們也必須藉著好默契，適時、適地的分攤起說故事的責任。關於這一點，我們已經做了充分的說明和舉例，在此也就不再多述。

所謂的「等價分工」，指的是圖、文指涉的乃是同一件事，但由於圖、文兩者表現特性不一，便各用各的方式，在同一個畫面中同步表達。例如《動物的媽媽》（台灣英文雜誌社，どうぶつのおかあさん，1977）這本在日本評價頗高的幼幼書，它一方面以完全寫實的畫法，於每個跨頁分別畫出貓、獅子、猴子、猩猩、樹懶、無尾熊、大象……等不同動物的親子定格照，另一方面則藉由簡單明瞭的文字，點出每一種動物的媽媽是如何以或銜、或抱、或背、或推……等不同方式，帶著牠的孩子向前移動。很明顯的，圖像與文字要說的其實都是同一事態。只不過圖與文這兩個特性迴異的元素，在肩並肩之餘還不忘攜手共進。那帶著動物體溫的細緻畫面，不僅讓文字的陳述有了具體的呈現，也多出了情感；文字則為浮動的畫面做出了清楚的解釋。所以即使是不到三歲的幼兒，也能從中汲取跟動物生態有關的正確知識，還能從臨場感十足的畫面中，感受到溫暖的親子之愛（圖一至圖四）。

圖文等價的表現，常有互為翻譯的危險。像《動物的媽媽》這樣從頭到尾文、圖同步演出的佳作，其實並不多見。通常，「等價關係」較常出現在書的開端或中間的轉折，圖與文在表現上相對簡潔、易懂。雖然等價，兩者實有互補的作用，不妨將之看成是「分工」的另一種分支。因為，文字的出現解除了圖像在傳達訊息時的曖昧與不確定性，圖像的加持則使文字的描述不致於讓人覺得過度的單調與無味。關於這個部分，《和甘伯伯去遊河》（阿爾發，Mr. Gumpy's Outing，1970）與《約瑟夫的院子》（遠流，Joseph's Yard，1969）這兩本書中的第一頁（圖五、圖六），都是很好的例子。兩位作者都以最有效的方式，在一開始就讓讀者對「甘伯伯」和「約瑟夫」這兩位主角有了初步的認識。包括他們的名字、個人長相以及他們所處的周邊環境。尤其，圖像的多方詮釋，和色彩、線條所營造出來的氣氛，都

（由上而下）圖一至圖四 《動物的媽媽》（台灣英文雜誌社，どうぶつのおかあさん，1977）

讓人對這兩位個性突出紙面的主角，有了諸多的好奇和揣測。而這文與圖相加後所起的「化學變化」，便也成為讀者想要往下翻頁的一股強大動力了。

原本，繪本的圖文關係不應脫離相互配合的範疇。它們緊緊相依，巧妙對位，全都是為了吟唱一首能為讀者帶來多重感受的歌。但是隨著繪本的創作向前推進，還是有不少的繪本作家大膽顛覆了既有的圖文互唱規則，為文與圖的關係，再創新的「文法」。

例如一九六八年出版的《母雞蘿絲去散步》（上誼文化，Rosie's Walk），就是一本「圖文互唱反調」的經典之作。作者佩特・哈金絲（Pat Hutchins）在創作這生平

圖五 《和甘伯伯去遊河》（阿爾發，Mr. Gumpy's Outing，1970）

圖六 《約瑟夫的院子》（遠流，Joseph's Yard，1969）

的第一本書時，經過無數次的刪修，將原有的文字從五百多字刪減到三十二個英文字母，卻意外造就出一部圖文反向而行，圖像高調演出的超級「喜劇」。它打破了由文字彈奏主旋律，再由圖跟著主旋律亦步亦趨的一般作法，不僅畫出文中隻字未提的狐狸，還大膽的穿插了半數「有圖無字」的跨頁篇幅，讓狐狸在其間成為一名戲份絲毫不輸給母雞的「隱性主角」（圖七至圖九）。在這本幽默搞笑的繪本中，縱有老神在在的母雞循著簡潔的主旋律乖乖走過院子、繞過池塘、越過乾草堆、經過磨坊、穿過籬笆、繞過蜂房，最後準時回家吃晚飯，但鬼鬼祟祟跟在母雞身後，每每「凸搥」的狐狸，才是製造故事張力以及令人笑倒的原因。

圖文不同調雖然有違繪本的常理，但是只要處理得好，那自由的轉調，便有可能帶出新的張力，或是成為趣味的引爆點。和《母雞蘿絲去散步》相類似，構造卻更形複雜的繪本還有《莎莉，離水遠一點》（遠流，Come Away from the Water, Shirley，1977）、《莎莉，洗好澡了沒？》（遠流，Time to Get Out of the Bath, Shirley，1978）和《夏綠蒂的撲滿》（悅讀文化，Charlotte's Piggy Bank，1996）……等書。莎莉系列旨在凸顯成人世界與兒童世界的差異。作者約翰．伯寧罕先將書切割成左右兩個部分，再藉由左右的對比，呈現出現實、想像兩無交集，

圖七至圖九 《母雞蘿絲去散步》（上誼文化，Rosie's Walk，1968）

以及大人世界、小孩世界雞同鴨講的現代親子窘境。

以《莎莉，離水遠一點》一書為例。雖然文字所表現的都是母親對視線中的莎莉所進行的叨唸，但是就整體來看，這些文字的表現對於左右兩邊的圖像來說，可謂既冷感又疏離。無關乎文字的陳述，我們從圖像所看到的，一方是父母在海灘所展開的、無異於日常的舉措（看報、抽煙、喝茶、打毛線、打盹兒），另一方則是莎莉因為不能玩水，透過想像所自行展開的一場華麗的海上冒險。縱有文字的叨叨唸唸，但是圖像和文字之間，除了最後的天色漸暗、莎莉必須航回現實之外，就幾乎沒有什麼更有效的互動了。

有人不免懷疑，文字在「莎莉」的書中到底效用何在。或許，我們必須承認，這本書的圖文重點並不在於「互動」，而是在於「各自表述」。文字所勾連的是母親看到的現實，並好像是爸媽枯坐海灘時的唯一背景聲音。至於圖像，除了如實畫出爸媽的一些乏善可陳的動作，便是使出渾身解數，為藉由想像早已飛到九天之外的莎莉，大展神遊海上並尋獲寶藏的精采故事（圖十）。

在這裡，文字的效用在於形成強烈的隱喻，那聽起來不成內容的瑣碎聲音，其實是對成人不理解小孩的一番諷刺。不過，作者的企圖好像不僅止於此，他在爸

圖十　《莎莉，離水遠一點》（遠流，Come Away from the Water, Shirley，1977）

媽和莎莉的兩個平行畫面之間，又藉由媽媽的口述，創造出第三個隱藏的畫面。媽媽說：「妳為什麼不去和那些孩子們玩呢？……不要弄髒妳的新鞋。……不要打那隻狗。……要不要喝東西？……不要亂丟石頭。……」如果，我們在眼觀爸媽的現實世界和莎莉的想像世界之餘，還能夠經由文字喚起我們對場景的想像，我們將會「看」到屬於莎莉的現實世界，在這本書中其實並沒有缺席。

從圖文關係的角度來看，這是一本難得一見的、屬於多重結構的繪本。在書甫問世的一九七七年，此書曾經因為脫離繪本的創作法則，受到嚴厲的批評。不過，事實證明，莎莉長久以來一直都廣受大、小讀者的喜愛。約翰．伯寧罕的這個點子不僅頗具實驗意義，也為繪本的形式表現開創了新的可能。它一方面打破了大家的繪本常識，一方面也讓大家見識到它那有別於傳統繪本的閱讀趣味。也因此，《莎莉，離水遠一點》不僅是約翰・伯寧罕個人創作生涯中的一個重要里程碑，也是我們論及圖文關係時不可不談的「異數」。

除了約翰・伯寧罕，英國繪本作家大衛・麥基（David Mckee）也是一個經常在圖文關係上不按牌理出牌的人。在《夏綠蒂的撲滿》（圖十一、圖十二）中，我們容易把文字所描述的內容看成是主要劇情。但是在面對畫面時，作者讓極小化的主線劇情和其他多線的故事並列，使得讀者在欣賞的過程中，不免產生文圖不同調的閱讀困惑。有趣的是，如果我們願意從讀圖中找尋文本以外的線索，那麼將會發現，大衛・麥基拆解了文圖的固有結合，卻也創造出更加豐富、更為生動的內容。也就是說，除了夏綠蒂拚命存錢想要向撲滿許願的好笑故事外，書中還出現了一段「中年之愛」，以及好多好多「去脈絡化」的人物百態。可見，對作者而言，去脈絡化是為了建立新的脈絡。偏離文本的多線圖像敘述雖然打斷了我們的閱讀習慣，卻也誘導我們在聽覺腳本和視覺腳本中，看到了新的結合可能。

關於「偷渡」，指的是在文與圖水乳交融之際，繪圖者又在書中偷偷放上一些

（由上而下）圖十一、圖十二 《夏綠蒂的撲滿》（悅讀文化，Charlotte's Piggy Bank，1996）

角色或物件。這些角色或物件，基本上不影響故事的進行，也不妨礙故事的主要內容。但是，它們的存在不僅為作品「提味」，也給了繪圖者一些表達個人企圖的空間。

由日本「繪本詞人」內田麟太郎以及畫家伊勢英子所合作的《天鵝》（青林國際，はくちょう，2003），就是一例。簡短的文字，寫的是一段天鵝與小池的「純愛故事」。一隻受傷的天鵝，在同伴南飛後獨自留在小池療傷，結果引來小池對牠的愛慕。當天鵝傷癒準備展翅離去時，小池突然化成了天鵝，與之比翼而飛……。

面對如此唯美、浪漫的內容，畫工一流的伊勢英子除了以恢宏的氣勢畫出遼闊的北國場景，還不動聲色的在原本略顯單薄的角色中，放進了一隻若隱若現的狐狸。就這樣，故事的格局不僅變大了，畫面的視角也因為天鵝、水池與狐狸的三點帶動而更顯活潑。至於在書中「偷渡」成功的狐狸，則一了畫家的心願，由牠來為天鵝與水池這段難被人們理解的純愛，做了見證。據說當內田麟太郎看到伊勢英子既未偏離他的本意，又在那有如荒原的舞台中，偷偷放進了一名「臨時演員」後，也不得不對畫家的巧思甘拜下風。

道不盡的美味關係

在談論許多圖文共舞的觀點與例子之後，我們不難發現，一本好的繪本除了要有好的內容之外，如何在圖與文之間調和秩序、創造動能，乃是其吸不吸引人的關鍵所在。

一本引人注目、勾人心弦的繪本，其實都是圖與文分工、結合後的美妙結果。它們時而緊湊、時而從容；有時如膠似漆，有時在反目中嬉戲。縱使有一些規則可循，卻像所有的微妙人際以及不同食材遇合後所散發出來的美味，不僅充滿了變化，也常常因為畫家的神來一筆，為這樣的關係再添偶然與新意。

閱讀好繪本，就好像在品嚐一道道的佳餚。我們固然可以在無意識中自在的享用畫家所端出來的美味，但也不妨在大快朵頤之後，回頭仔細推敲。想想，那是一個什麼樣的物件組合？在那不可見的組合關係中，創作者到底做了什麼樣的移挪？又隱藏了哪些不易被人發現的獨門祕方？經此有意識的探尋，當我們再次走進繪本、深入其間時，那自由多樣、無所拘束的內在表現，不僅會豐富我們的繪本味蕾，也會讓我們對這些道不盡的美味，有了不同於以往的鑑賞與品味。

❶參見《絵本の歴史を作った２０人》，鳥越信編，創元社，第二十二頁。

第十章
「兒童觀」面面觀

成人與兒童間難解的習題

近代以後，「兒童」此一「物種」終於浮出了歷史的檯面，從既往不被察覺、不被關注的處境中，開始被發現、凝視，進而得到成人世界的重視。不過，即便是兒童的權利得到伸張，成人也愈來愈願意站在兒童的高度，思索成人與兒童之間的問題，但這兩者之間，卻好似依然存在著永無寧日的糾葛。

在這個以「管理」掛帥的現代社會中，小孩一方面被要求要依循成人的秩序與價值行事，一方面又無法控制的想要在重重的限制中撒野、搗蛋。這或許是小孩在與成人的共生中，為求取自身平衡所做的最大努力了。但是，對於小孩這類反應可謂幾近「全盲」的大人，往往只會高舉「規範」的大尺，用或硬或軟的方式，繼續約束身邊的孩子。因此，大人與小孩之間的問題很難獲得真正的解決，兩者的關係也依舊停留在「成人宰制 vs. 兒童受縛」的死胡同裡。

一向，小孩的生活「待遇」好壞，全要仰仗身邊大人的提供和界定。大人如何看待兒童，實則牽繫著他們童年的禍福好壞。然而大人並不容易有這樣的自覺，更不容易看清兒童的真實處境。我們往往因為小孩逃不出大人的掌心，輕忽了檢視自我「兒童觀」的重要。大多數的成人只是人云亦云，一味的以「粉飾太平」的態度在看待自己和小孩之間的互動。且大人得了便宜還賣乖，口口聲聲說道：「童年無憂，而且，現在的孩子比以前的孩子幸福多了。」

天下的兒童都是一樣的

早在一九六三年，就有莫里斯・桑達克以《野獸國》率先顛覆了成人對兒童的普遍看待。在比今日更加保守的當時，《野獸國》可謂在美國成人的眼前投下了一顆震撼彈。在成人普遍認為兒童應該溫馴服從的年代，他卻讓一個頑皮、和媽媽鬥嘴的小孩，以最真實的兒童姿態出現在兒童文學的舞台；帶領孩子衝出了現實的框線，經由想像，在野獸國裡找到了發散野性、釋放鬱悶的機會。

這背後有著作者想要揭露的進步觀點。他不認為兒童如大人所想的那般無憂無慮或脆弱，也否定了兒童「無垢」的象徵。他主張，縱然現實中的大人權柄在握，孩子很難與之抗衡，但孩子還是有足夠的勇氣和睿智，藉由內在的自我提振來度

過現實中的一些難關險惡。這中間最最掩蓋不住的，就是他們潛藏在身體裡面的那股活潑野性。總要想方設法，在野性散盡、鬱悶撫平之後，他們才會帶著新生的勇氣，回到現實人生。

沒錯，小孩來自於自然，要不是因為要跟成人共同生活，他們其實並不需要壓抑那麼多的無羈「本性」。這本性包括好奇、勇氣、活力及野性。但從成人的角度來看，就不免變成搞破壞、製造麻煩、弄亂秩序了。一直以來，成人只顧用成人訂定好的標準去要求、壓制小孩，並不會特別想要同理兒童，或是意識到成人對兒童原有樣子的抹煞。不過，繼《野獸國》之後，還是有一些繪本作家願意將他們的鏡頭移到小孩的那些特點上。他們一方面力求在表現上貼近兒童，一方面也在作品中透露出他們對於兒童的觀察和見解。有趣的是，對於舉天之下兒童共有的本來面目，他們都有著生動的描繪，但每個創作者也都在有意無意間，透露出他們對「成人 vs. 兒童」之戰的不同主張。這些作品對於願意認真面對兒童的成人而言，是挑戰，也是點醒。另外，它們也提供了讓成人交叉討論的可能。

「成人治國」還是「小鬼當家」？

在這類作品當中，最勁爆的，莫過於一九八五年在英國誕生的怪獸小孩比利。作者佩特・哈金絲大膽起用了一個來自怪獸國度的小孩——比利，並在一系列的創作中[1]，肆無忌憚的讓比利瘋狂演出所有不見容於成人的行徑。例如比利之所以會得到「壞寶寶」比賽的冠軍，是因為他咬了評審委員的腳。（《最厲害的妖怪》，遠流，The Very Worst Monster，1985）比利上幼稚園的第一天，就因為胡搞瞎搞而得到老師送的三顆星，引來同儕欽羨的眼神。（《比利得到三顆星》，阿爾發，Three-Star Billy，1994）在《小寶貝呢？》（阿布拉教育文化，Where's the Baby，1988）一書中比利的行徑更是愈演愈烈。比利所展現的兒童破壞本色，固然讓小讀者瞪大了眼、嘖嘖稱奇，也讓所有的成人讀者幾乎到了搥胸頓足、不抓狂也難的地步。

話說比利的奶奶來家拜訪，卻不見比利。大家循著比利留下來的腳印來到廚房，卻見媽媽拌好的巧克力蛋糕原料被打翻了；大家隨著黏黏的巧克力醬手印再往前找，則見爸爸的工作室被油漆弄得慘不忍睹。就這樣，隨著油漆線、煤灰手印、沾了痱子粉的白色腳印、毛線……，我們看到的是一個小孩百分之百的脫序演出。

令多數成人感到錯愕的是，這當中不僅沒有責罵，奶奶還以百分之兩百的欣賞角度，誇讚比利是在幫忙家務、學畫畫、練習使用剪刀、試圖看書……等等（圖一）。

原本，在日常中孩子們想做卻不能做、做了鐵定會遭殃的行為，在比利系列中都得到了平反。比利得以如此大鳴大放，是因為怪獸國度所標榜的價值，與這個以成人為主的真實世界相悖。它完全跳脫了成人主宰的真實景況，試圖讓所有潛藏著野性因子的孩子，可以在閱讀中隨著為所欲為的比利被挑起、被滿足。甚而因為「被看見」，得到成人多一些的諒解與寬待。

能如此大膽設定，並鮮明的反映出「成人治國」與「小鬼當家」之間的差異，實在不得不讓人

圖一　《小寶貝呢？》（阿布拉教育文化，Where's the Baby，1988）

佩服作者的幽默及其對待兒童的無邊胸襟。當然，不論大人、小孩，所有的讀者都應該知道文學虛構的本質。觀看比利，不是為了有樣學樣，而是要讓小孩在綁手綁腳的現實生活中找到出口。另外，也讓大人在捏冷汗之餘，能夠意識到破壞與創造、秩序與限制，就在一線之間。如果，每一個大人能因為比利的「開示」，願意再往兒童的世界稍稍靠攏，那麼不僅小孩有福了，成人也可以免去對小孩動不動就拔劍張弩的傷身行動。

不過，身處不安全感中的大人，恐怕很難全盤接受這挑釁意味濃厚的「兒童觀」吧！即便了解到小孩遵守常規的困難，成人較能認同的，還是將小孩納入「正軌」，在適度的處罰和愛的擁抱交相配合下，讓小孩學習和成人合作。這或也是一九九八年大衛・夏儂（David Shannon）以《小毛，不可以！》（台灣麥克，No, David!）一砲而紅的原因之一吧！

在書的前言中作者提到，創作的發想來自於他小時的塗鴉筆記。筆記上最常出現的字便是No與David。至於塗鴉內容，則是毛頭小子不被允許的一些事。這個故事有如摘錄家家每天都會上演的戲碼一般，小毛在一個被成人監視的空間裡，不停的「踩線」、不斷的被說：「不！」例如：他做各種危險動作、把家裡搞得一蹋糊塗、不好好吃、不乖乖睡……。凡此種種，我們可以說這一方面是小孩的情不自禁，一方面則是他們在飽受控管之下，對成人世界所做的一些反抗。然而，成人的容忍是有限度的，當小毛打破花瓶時，他被要求面壁思過。只是，在最後的轉折中，我們看到的是媽媽張開雙臂，用擁抱表達了大人的原諒和愛。這對於飽受挫折、眼中帶淚的孩子來說，多多少少帶來了撫慰的作用。

如果我們持續閱讀大衛．夏儂分別在一九九九年、二〇〇二年出版的續作《小毛上學去》（台灣麥克，**David Goes to School**）和《小毛惹麻煩》（台灣麥克，**David Gets in Trouble**）就不難發現，作者在處理「成人 vs. 兒童」的衝突時，雖也同理小孩的壓力，忠實呈現小孩的發洩，最後卻是用最「便宜」的方式做收。他既不去探討成人的問題，也不提供較細緻的解決方式，而是以成人的示好、原諒，再次用「愛」將孩子收編。尤其，當《小毛惹麻煩》中的小毛跳出來為自己的行為辯解後，那於夢中驚醒、坦承自己白天確實作孽的畫面，讓人看了真是不寒而慄。遺憾的是，作者的處理方式是讓孩子跟成人道歉後，才得以安然入睡。然這樣的「假和解」，又如何能確保小孩的爆裂情緒不再出現呢？

原本令大人頭痛的小毛，雖然在長大後有機會在紙上抒發己見，但最終、最終，還是讓孩子臣服於大人的巨大身軀之下。不過，《什麼！》（阿布拉教育文化，What!，2005）一書裡的派克，可就不一樣了。他是至今少見的、膽敢在書中與大人對嗆的小孩。更讓人拍案叫絕的是，相較於對手——奶奶——的賣命演出，派克竟不費吹灰之力，便在這場諜對諜的戰役中，大獲全勝。

表面上看，這或只是一本極盡搞笑的繪本，但仔細推敲，它是一本描寫「大人 vs. 小孩」關

圖二　《什麼！》（阿布拉教育文化，What!，2005）

係的「稀世之作」呢！故事內容簡單有趣，說的是有天派克到奶奶家過夜，奶奶為了要讓派克早早入睡，在短短的一個夜裡，竟拼了老命為派克做了一張床、一個枕頭、一條毛毯、一個泰迪熊。等到萬事俱全時，派克卻對著奶奶說：「可是，奶奶……，天已經亮了。」這時，只見和奶奶纏鬥一夜的派克，老神在在的坐在沙發上，而順著派克詭譎的眼角望去，則是驚聲尖叫的奶奶舉雙手投降，並發了狂似的消失在書頁的右下方（圖二）……。

啊！這書的作者（大人）何其有雅量，竟然讓大人、小孩在書中平起平坐。他讓小孩佔了上風，使一夜皮包不離手的奶奶，不僅無法達成她的夜遊計畫，還任勞任怨的為派克張羅終究派不上用場的睡眠道具。也難怪，孩子們在閱讀完此書之後，都要大呼過癮，且稍忍不住，就會對著眼前的大人哈哈大笑。畢竟對他們來說，這種超規格的待遇，在現實生活中，是很難發生的。

向理想的大人學習

同樣是描寫大人、小孩的過招，我們卻在不同的作品中，看到了如此不一樣的表述和結果。比利有幸生在一個沒有人類管轄的怪獸國度，得以自由無礙的發揮兒童的本性，得到成人壓倒性的支持。然而活在現實世界中的小毛就沒那麼幸運了。他飽受壓力，被要求「不能」觸犯成人的戒律。偏偏小孩不知死活，一犯再犯，最後便也難逃被成人修理、收服的命運。相較於此，派克便為長期處在弱勢地位的天下兒童出了一口氣。他和奶奶的關係完全對等。他們各有盤算，也相互見招拆招，不僅為故事帶來張力，也揭示出「成人 vs. 兒童」關係的另一種可能。成人能不以龐大的身軀挾人，已經誠屬難得了，沒想到奶奶又因過度的憨直，讓成人在這場祖孫 **PK** 賽中敗北。想想，還真是大快人（小孩）心啊！

除了以上所述，英國繪本作家約翰．伯寧罕也是一位不斷在思索「成人 vs. 小孩」關係的大人。他分別在一九七七年、一九七八年以《莎莉，離水遠一點》、《莎莉，洗好澡了沒？》這兩本姐妹作，道盡了成人與兒童這兩個世界的差異。他一方面聲援兒童的想像世界，一方面則毫不留情的諷刺大人世界的無色無味。

雖然約翰．伯明罕罵大人絕不手軟，他也對那些百分之百了解小孩、愛小孩的大人多所著墨。像是《和甘伯伯去遊河》中的甘伯伯、《哈維・史藍芬伯格的聖誕禮物》(和英,Harvey Slumfenburger's Christmas Present,1993)中的聖誕老公公,以及《朱里亞斯呢?》(阿布拉教育文化,Where's Julius?,1986)中的卓貝克夫婦,都不愧是「成人中的典範」。對小讀者而言,他們儼然是成人當中的發光體。他們不會因為小孩犯錯就大發雷霆,也不會因為送禮物的路途崎嶇,就放棄住在偏遠山區的窮孩子。就連不配合大人上餐桌的孩子,爸媽也都無怨無悔的給了他們盡情想像、遊戲的權利。

基於對小孩的深刻理解和體貼,約翰・伯寧罕在二〇〇六年又推出《艾德華——世界上最恐怖的男孩》(阿布拉教育文化,Edwardo—The Horriblest Boy in the Whole Wide World)一書,持續為兒童高分貝發聲。書中分為前後兩段,前半段說道一個普通的小孩艾德華,如何在成人的交相指責下,變本加厲,成為大人們眼中的「恐怖份子」。進入後半段以後,艾德華恐怖依舊,卻因為陰錯陽差而得到成人的肯定與讚賞。也因此,他開始有了轉變,會幫忙種花、照顧動物、陪伴年紀比他小的小孩,也讓馬戲團裡的獅子對他敬畏三分……。

「現在，艾德華還是偶爾會有點亂、有點野蠻、有點髒、有點邋遢、有點笨手笨腳、有點吵、有點惡劣、有點粗魯，不過，艾德華真的是……世界上最可愛的男孩。（圖三）」這是本書的結語，也是作者的語重心長。他似乎在提醒所有的成人：不論地球再怎麼翻轉，孩子們不受拘束的個性是始終如一、難被改變的。但是，如果成人能夠暫時拋開既有的嫌惡，變換一下角度，孩子在與成人的每一次碰撞中，將會產生異於平常的火花。而唯有在這綿密、細緻的角度轉換中，成人與兒童之間的關係，才得以鬆解，並獲至深化。

約翰・伯寧罕細膩的處理了成人與小孩之間的糾葛。他對於成人自覺的重要，雖未言明，卻也巧妙的藉由一本又一本的繪本，挑動著大家的神經。同樣是小孩惹惱了大人，但他不像一般的成人或是前述的大衛・夏儂，對大人的問題略過不說。也因此，他的繪本使人讀來更見深刻。

到底，要到什麼時候，成人與小孩之間的緊張關係才能解除？這是一個相當難解的習題。但以一般目前成人依然不時在對小孩譴責、下禁令的現狀來看，成人實有必要先去理解小孩的真正面目。然後，就是用虛懷若谷的態度，去檢視自己的兒童觀，並時時向繪本裡外的頑皮小孩和理想大人學習。

圖三 《艾德華——世界上最恐怖的男孩》（阿布拉教育文化，Edwardo—The Horriblest Boy in the Whole Wide World，2006）

❶【比利系列】是英國繪本作家佩特・哈金絲於一九八五年到一九九九年所出版的一系列作品。主角比利因為身處怪獸國，所以有了更多的空間搞怪。雖然牠是所有頑皮小孩的代表，但因為大人們用的是怪獸國的標準，所以比利的日子總是過得無比開心與自在。除了文中所提三本中文版外，還有一九九二年出版的《傻比利》（Silly, Billy!）與一九九九年出版的《今天是我的生日》（It's My Birthday）兩本書。

参考書目

第一章

•《印刷書的誕生》，費夫賀、馬爾坦著，李鴻志譯，貓頭鷹，2005（原文：《L' Apparition du livre》, by Lucien Febvre and Henri-Jean Martin, 1958）

•《Children's Literature—An Illustrated History》, edited by Peter Hunt, 1995

•《6ペンスの唄をうたおう》，吉田新一譯，日本エディタースクール出版部，1999（原文：《Sing a Song for Sixpence: the English Picture Book Tradition and Randolph Caldecott》, by Brian Alderson, 1986）

第二章

•《異文化としての子ども》，本田和子著，紀伊國屋書店，1982

第三章

•《Randolph Caldecott and the Story of the Caldecott Medal》, by John Bandston, 2004

•《百年前の絵本》，高橋誠、桑子利男譯，ブック・グローブ社，1997（原文：《Randolph Caldecott: A Personal Memoir of His Early Art Career》, by Henry Blackburn, 1886）

•《6ペンスの唄をうたおう》，吉田新一譯，日本エディタースクール出版部，1999

（原文：《Sing a Song for Sixpence: the English Picture Book Tradition and Randolph Caldecott》, by Brian Alderson, 1986）
- 《絵本の歴史を作った20人》，鳥越信編，創元社，1993

第五章

- 《Beatrix Potter: The Story of the Creator of Peter Rabbit》, by Elizabeth Buchan, 1987
- 《ピーターラビットの世界》，吉田新一著，日本エディタースクール出版部，1994
- 《センダックの絵本論》，脇明子、島多代譯，岩波書店，1990（原文：Caldecott & Co.—Notes on Books and Pictures, by Maurice Sendak, 1988）

第六章

- 《The Art of Maurice Sendak》, by Selma G. Lanes,1980
- 《子どもの本の 8人—夜明けの笛吹きたち》，鈴木晶翻譯，晶文社，1988（原文：《Pipers at the Gates of Dawn: The Wisdom of Children's Literature》, by Jonathan Cott, 1983）
- 《センダックを「読む」（児童文学世界特集）》，中教出版，1991
- 《センダックの絵本論》，脇明子、島多代譯，岩波書店，1990（原文：Caldecott & Co.—Notes on Books and Pictures, by Maurice Sendak, 1988）

第七章

•《Children's Literature—An Illustrated History》，edited by Peter Hunt, 1995

•《たのしく読める英米の絵本》，桂宥子編著，ミネルヴァ書房，2006

•《絵本の視覚表現》，中川素子、今井良朗、笹本純著，日本エディタースクール出版部，2001

第八章

《童年與解放—衍本》，黃武雄著，左岸出版，2004

第十章

•《絵本の視覚表現》，中川素子、今井良朗、笹本純著，日本エディタースクール出版部，2001

•《絵本はいかに描かれるか（表現の秘密）》，藤本朝巳著，日本エディタースクール出版部，1999

書中繪本一覽表

（後端數字為繪本出現頁數）

《小藍和小黃》，台灣英文雜誌社，little blue and little yellow，1959　8, 130-133, 168

《一〇〇萬隻貓》，遠流，Millions of Cats，1928　11, 122, 123, 130

《野獸國》，漢聲，Where the Wild Things Are，1963　12, 13, 98-100, 102, 108-112, 135, 137, 138, 185, 186

《廚房之夜狂想曲》，格林文化，In the Night Kitchen，1970　13, 102, 103, 109, 110, 112

《在那遙遠的地方》，格林文化，Outside Over There，1981　13, 104, 105, 108, 109, 113, 114

《和甘伯伯去遊河》，阿爾發，Mr. Gumpy's Outing，1970　14, 170, 172, 194

《莎莉，離水遠一點》，遠流，Come Away from the Water, Shirley，1977　14, 15, 173, 175-177, 193

《莎莉，洗好澡了沒?》，遠流，Time to Get Out of the Bath, Shirley，　14, 15, 173, 193

國家圖書館出版品預行編目資料

繪本之眼 / 林真美著 . -- 第一版 . -- 臺北市：
天下雜誌 , 2010.12
208　面 ; 14.8x21　公分
ISBN 978-986-241-234-3（平裝）

1. 繪本　2. 歷史

815.99　　99023518

悅讀館系列001

繪本之眼

作者｜林真美
責任編輯｜許嘉諾
封面、版型設計｜集一堂

發行人｜殷允芃
創辦人兼執行長｜何琦瑜
副總經理｜游玉雪
副總監｜李佩芬
主編｜盧宜穗
資深編輯｜游筱玲
版權專員｜何晨瑋

出版者｜親子天下股份有限公司
地址｜台北市104建國北路一段96號11樓
電話｜（02）2509-2800　傳真｜（02）2509-2462
網址｜www.parenting.com.tw
讀者服務專線｜（02）2662-0332　週一～週五：09:00~17:30
讀者服務傳真｜（02）2662-6048
客服信箱｜bill@service.cw.com.tw

法律顧問｜瀛睿兩岸暨創新顧問公司
總經銷｜大和圖書有限公司 電話：（02）8990-2588

出版日期｜2010年12月第一版第一次印行
2018年 3 月第一版第六次印行
定價｜320元　書號｜BCCER001P
ISBN：978-986-241-234-3（平裝）

訂購服務

親子天下Shopping｜shopping.parenting.com.tw
海外·大量訂購｜parenting@service.cw.com.tw
書香花園｜台北市建國北路二段6巷11號　電話（02）2506-1635
劃撥帳號｜50331356 親子天下股份有限公司